Paulo Ribeiro

bagorra

Contos

Projeto gráfico: Bureau do Brejo
Capa: Marcelo de Angelis
Revisão: João Cláudio Arendt
Arte final e responsável gráfico: Ladimir de Jesus Silva
Editoração eletrônica: Cristiane Nienkötter
Editor-assistente: Karina Déa
Editor: Sálvio Nienkötter

Dados Internacionais de Catalogação na Publicação (cip)
Angélica Ilacqua CRB-8/7057

Ribeiro, Paulo
Bagorra: contos / Paulo Ribeiro - Curitiba: Kotter Editorial, 2016.

80 p.

ISBN 978 - 85 - 684 - 6224 - 9

1. Literatura brasileira 2. Contos I. Título

16-0773 CDD B869

Texto adequado às novas regras do acordo ortográfico de 1990, em vigor no Brasil desde 2009.

Kotter Editorial Ltda.
Rua das Cerejeiras, 194, Barreirinha, Curitiba-PR
CEP: 82700-510 / Tel: (41) 3585-5161
www.kotter.com.br | contato@kotter.com

Feito o depósito legal.

1ª Edição
2016

Paulo Ribeiro, neste volume de contos, consegue manter o seu estilo inconfundível de escrita e o fôlego das narrativas envolventes que marcam o conjunto da sua obra. E bagorra, se não me falha a etimologia da palavra, é aumentativo de "bago", cuja acepção remete a pau, cajado, báculo... O autor é tão hábil no manuseio da linguagem, quanto o seu personagem o é no manejo do taco de bilhar – com a diferença apenas de que enquanto um cai, o outro alça voo.

João Claudio Arendt é Poeta e professor na Universidade de Caxias do Sul

sumário:

BAGORRA

Gritou coisas da Bíblia, do consolo escrito nela, uns três versículos adoentados que decorou: Sofrerás! Prantearás! Teus pecados nos pulmões por primeiro.

Que estes são tudo, até mais que o coração.

Que os pulmões têm parte com Deus, que engolem o vento dele. Pra Deus entrar ali e pôr as mãos, pra Deus por ali ficar um pouco e depois o escarro.

Deus que vem. No tossido, bronquite divina em toda a sua extensão: tosse comprida. Cheia de graxa e pro Amém do Cristão.

Que morre do próprio. Deus onipresente até por dentro do pulmão.

Em pedacinhos as palavras do Bagorra. O seu expandir no velório, já que o negro era leporino e parece que suas palavras mais bíblicas tinham dupla entonação.

O Bagorra falando em Bíblia?

Era de tossir no velório.

Que faziam os velórios ao lado do snooker e o Bagorra nesta noite apareceu com os lábios cortados, leporino, fazia anos que se orgulhava de guardar uma escritura, vejam só. De uma terra herdada com rio em "s" e que precisava dessa escritura junto ao peito como o próprio coração. O melhor jogador de bilhar. De snooker, o que viesse.

Bagorra era o Campeão. Demorava, não vinha, mas quando aparecia não havia com quem ele jogar. E jogava de tudo no snooker com quem viesse: latão de abacaxi, casaco de lã, dinheiro em cédula pura. Era um presente dado ao freguês quando errava uma bola fácil e o negro se ria como quem diz: "Hoje tô pra mulher!".

Com o chapéu e a capa impermeável já dependurados (quando não arregaçava então a jaqueta de napa) parecia beijar o taco quando ia começar. Um astro, galã, sobressaía o chapéu de feltro. Se jogasse de chapéu o Bagorra se arrodeava fazendo o chapéu arrodear junto. A pena do pavãozinho era amarela e ventava. E o Bagorra vá e vá passar um giz na extensão do taco inteiro.

Era um ritual. Tinha as mãos bem ossudas e diziam: "olhe os outros dedos do Bagorra. Não são dedos de Deus!?", quando ele não usava sapatos e vinha de sandaliões. Jogava de pés descalços mesmo e tinha uma múltipla capacidade de acompanhar com o corpo o domínio exercido na tacada.

A bola branca deslizava ríspida na Oito em reta e ele dizia: "Essa foi pra África do Sul".

Famílias se deslocavam só pra ver o Bagorra jogar sozinho, porque ninguém queria perder pra ele e virava apresentação. Era também pandeirista o moreno. Olhão verde, garantia com olharzinho uns quantos bilhões de moças, até que com a Santa casou.

Quando solteiro, as moças gostavam dele. Era um mimo, os labiozinhos partidos, era bom de beijar o rachadinho dele, diziam.

Diziam da cavinha que bifurcava o bigode e que daí vinha o maior charme do Bagorra.

Seus olhos verdes eram herança de todos os Remígio. Negros de olhos verdes. O Bagorra era filho do Gaspar. Gente do "Matadouro", sabiam como lidar com um taco, como acertar uma jugular.

Um dia, apareceu o Bagorra com um casaco de pele e muito disposto a jogar. As mãos faziam cócegas. Ficou ali treinando,

treinando e vá a dizer:

"A Bola 1 é para minha África".

E fez.

A Bola 2 é por todas as Américas.

E encaçapou.

A Bola 3 é pela Europa.

A 4 era pela Oceania e na quinta alguém gritou que fosse pela Rússia Comunista.

Fez e faria mais bolas com aquela vontade de jogar sem rival. E que se via o Coração de Jesus na camisa aberta no peito dele por baixo do casaco de pele.

Imagine fazer todas aquelas bolas em homenagem ao mundo sem nem dependurar o casaco!?

Um exímio. Nunca tinha se visto um ser humano jogar igual. E que ele devia jogar o mais que tivesse, se é que jogava tão bem.

Foi na noite de uma moça morta que velavam ao lado do snooker.

O Bagorra fechou os olhos verdes, estalou os dedos ossudos. Tirou a escritura do bolso e desafiou então.

"Jogo toda a minha terra pra quem me enfrentar!"

Era um astro, era um ídolo, os outros morenos diziam que foi o lábio aberto o inventor do bilhar. Quem é que iria querer?!

A casa era larga, tinha uns 30 metros de frente e tinha as duas portas de recepção. Entrava gente pra jogo e gente pra se despedir. Se despediam do dinheiro mais. Porque no velório, geralmente, era um só. Jogo? Era o que mais havia: canastra, pôquer, snooker, caçapas a esvoaçar.

Vivia vindo gente à carroça, carreta, charrete, de a cavalo.

De éguas nunca se ouviu. Que recebessem a hóstia, que saísse de dentro de égua qualquer forma de Senhor.

Mas que serventia também teria isso?

Deus? Morte?

Que parecia a pergunta pra aposta?

Deus? Morte? Beber um rio?

Mas o Bagorra, o mais moço dos Remígio, dava o campo se não bebesse. Dava à Banca, dava contra quem quer que jogasse.

E a careta enfezada que fazia era por isso: não sabia o que o levava a Deus.

Não sabia e contra este também jogava.

Que entendido em rio como ele, Deus não buscou provar com água o próprio filho que matou?

O sudário do rosto dele não é isso? O tamanho dos furos nas santas mãos também não?

Que foi a tacada da noite. O Bagorra Remigio se ajoelhou e disse que aquilo ali era uma aposta com Deus. Que até com Ele jogava. Se errasse, perdia o campo com a escritura.

Ô, Bagorra Remiginho!!

Inteligente na matemática e que na tacada da noite apostava contra Deus.

Que lhe alcançassem o fancho, que o Bagorra novato se aprumando no cocho, que pedindo penico pra enfrentar.

Mijava na morte!

Queria o taco torneado, o lenho da Santa Cruz. Que feito dela, do mesmo Ipê afamado, o fancho que lhe alcançaram. Dava o campo se não fizesse.

E a Bola Negra, a de esmalte, azarada, a Noiva dos Solteirões, ia correr bem por ali. Na contra-tarimba, pegaria o efeito, e voltaria mais por cá. Já sem efeito, em linha reta e pegando mais velocidade.

Tchbummmm!

O Bagorra se socorreu por esta tacada do fancho. Pediu penico no bom sentido, que era mijo e caridade em uma só vez.

Que a cor da esmaltada saiu perdendo o vernizinho colorado e era a mesma cor da jaqueta de napa dele.

Era igual.

E o Bagorra deu a tacada e ficou nos punhos esgarçando a napa. Se arregaçando a napa pra região dos cotovelos depois de jogar.

Devia ter se preparado pra isso antes, não depois de jogar.

Mas que era o nervoso.

A dó que deu do negro nos nervos foi coisa de se dizer. Tinha só um capãozinho com riozinho em "s" e inventa ainda de jogar.

O Bagorra jogando um rio de dinheiro e calculando no taco pra não errar. Esse era o evento: que as mãos furadas dele nessa noite, que o azar, a tacada perdida foi por culpa da morta que ele pagou o pecado.

Um velório do lado. Que o Bagorra jogou um rio inteiro em "s" e nem uma morta respeitou.

Era num velório do lado.

Que ele batia três vezes no cocho, azarado, enfezado, intrigado sem embuchar. Até brigar brigava se surgisse comentário ali. Queria entregar o rio em silêncio e começar então a pagar seus pecados. Que tava se sentindo em seu próprio íntimo ser um dos 12 que Jesus desconfiou.

Precisava rezar. Precisava de boleta, precisava de reza de comadre, não lembrava do quê mais?!?

"Como é que me perde o rio onde apareceu a mula de São João Maria, Jocemar Remígio?"

O Bagorra. Filho de Gaspar. Neto de um outro que morreu.

Que ainda banhado em suor, açucarado de mel, o moreno, hum-hum, cumpriria a aposta. No outro dia mesmo chamasse o Velocino escrivão.

Ele ia entregar a terra dele prum capuchinho. Era o gosto dele, botasse por ali o dedo. Que levantava a camisa e mostrava o caroção. Tinha caroço e tinha flâmula do outro lado da sala. O Sete Baiano na parede pegada ao bilhar.

Este era o recinto.

Esta era a calada da noite e que o foragido da sorte, foragido do jogo, o Bagorra entrou então no velório de menina pra contar.

Benzeu-se, e começou a falar do rio que perdeu, com seus lábios leporinos falou aquelas coisas da Bíblia e denunciou: que entregava o rio, mas que ia dar da pólvora dele capando a partir deste dia. Que mantinha o fio do bigode, manteria a palavra, mas que ia virar num ranço. Seria só um homem do mal.

E este o segredo dele: diziam que pra capela pro São João Maria tinham tirado o dinheiro do rio dele. O Rio do "S", esse que ele ia –entregar.

Que os Heiurque, ricos proprietários das terras antes, com mula e tudo, na barranca com uns copos de leite, acharam dinheiro ali.

Bem onde antes era só pedregulho. E que o Heiurque mais velho falava em dividir terras, mas só depois que tirava as panelas de ouro. Que o Heiurque deu em comunidade aquele pedaço de capão pros Remígio depois de pelar a serra, depois de secar o rio.

Três tachões de moeda de ouro, dizem.

Que o Bagorra esse agora perdia. Ao invés de fazer um casebre novo, um habitado novo pra ele, pra Santa, e os futuros filhos, puxava era uma água benta pra morta lhe perdoar. Até pra se arejar.

Podia um homem suar de calor numa noite de frio?

Dessem mais água pro Bagorra. Até pra sua higiene.

Tudo era muito limpo em volta do "s" do rio e não tinha ali probabilidade de ter mais panela de ouro. Que só teve antes. Que foi quando o Heiurque passava com a mula e o açúcar.

Parou nos copos de leite pra descansar e foi quando viu a mula de São João Maria a pastar.

Quase não acreditou. A mula de São João Maria aparecia pra mostrar panela de dinheiro e o Heiurque mais velho se sentiu bem melhor.

Tapeou a mula por vibração, deu um "humhum" mais exaltado e foi em direção ao raso do rio.

Pois não é que os índios antigos tinham botado o dinheiro dos padres bem ali?!?

Na curva da cascatinha, bem no "s" do rio.

Ia cavar?

Mas se fosse só uma mula que se fazia?

Isso. Se fosse só uma mula imitada. Não ia cavar em vão?

Cavar na água. Era uma indicação de índio.

Que é que ia fazer?!?

Arriscar.

Se endinheirou.

E depois, fez a estátua de São João Maria e mais uma capela pro santo e São João tudo feito de pó de gesso mais cal.

Pastando no limpo a mulinha apareceu pra ele.

O Bagorra sem rio puxava a jaqueta de napa pros cotovelos e não se 'arrenpedia' de jogar.

Era o melhor taco da região. Era até mesmo apreciado agora dentro do velório.

Parecia que até estava sendo um velório abençoado por andar por ali o Campeão. Tratado como tal!

Que pelas chagas de São João Maria, disse uma morena mais velha, que o Bagorra não entregasse o rio por jogo. Que o velório era um sinal pra impedir essa contravenção moral.

E a Santa, e os futuros filhos? O que ia dizer pro Gaspar de quem herdou??

Que essas negras velhas sempre protegiam os mais necessitados morenos, fosse ele humilde ou Campeão.

O capuchinho que ia ganhar o campo odiava essa morena benzedeira, essa morena benzedeira com instinto de preservação dos dela.

Um frei Gillonay, bem belga, odiava essa Carmosina. Que ela chegava na capela pras missas, serpenteando por trás do rio, o "s" em Dilúvio, e a presença da negra era vista.

Na verdade era uma cristã que vinha ali ouvir a palavra de Cristo e nada havia nela de mais oculto pra se dizer.

Como a água vindo a escorrer vinha a palavra do padre. Bem belga, ouvindo crimes e pecados em confissão.

A Carmosina recebia essas palavras do capuchinho contra o seio.

Até se trair.

Com que ordem entrava ali? Quem estava a caçar?

Que o Gaspar Remígio, esse, sim, de ocultismo, não queria a preta velha ali em capela, em missa e confissão por praga rogada, que a negra velha voltasse pro seu fogão.

Que saísse.

Saía. Mas que terra e filhos o caçula dele, o Jocemar, nunca mais ia ter.

Praguejava.

E a Santa do Bagorra ficou uns cinco anos seguidos se engravidando. Tava louca pra sempre se ficasse assim se engravidando. Mas até umas bonecas de pano já eram parte da gravidez que ela tinha. E a Santa aprendia com cada gravidez e ficava bem igualzinha. E continuava se engravidando e era o jeito que procurava de ganhar um filho. Com amor, tudo rosa e carinho, a Santa tinha feito um enxoval com a imitação de asa. Com amor, tudo azul e carinho, a Santa tinha feito um enxoval com a imitação de anjo. Pro tiro não sair errado, a Santa do Bagorra tinha já preparado até enxovalzinho pra gêmeos. Era um jogo de cueiro e fraldas e a Santa, se descuidassem, levava ainda mais a sério a chegada do seu primeiro. E levava. Vivia olhando o peso. E de tanto se ver nas nuvens, a mulher que não engravida, engravida por si mesma. E fica com umas formas rosadas, e fica a pele melhorada e muito excedida no sal. Por isso que a Santa do Jocemar Bagorra sentia muita sede e bebia tanta água que não conseguia mais entender. Da primeira vez que se fez de grávida a Santa do Bagorra se urinava de contente. E nem é assim quando se está.

E, por isso, o Bagorra nunca teve filhos, que ficou meio enlouquecido, e hoje perdeu as terras no bilhar.

PAUZINHO

O Pauzinho uma vez caiu na serra-fita que atorou as duas pernas dele. Demoraram muito pra contar pra ele que ele ficou sem as pernas: já fazia 45 dias. Uma desgraçada duma tia que foi visitar ele em Caxias contou tudo o que tavam escondendo dele. Que ele não tinha mais pernas e nem sentia ainda ali no quarto do Pompeia. A serraria inteira toda queria sempre saber como é que tava indo o Pauzinho. E a tia dele, muito analfabeta, muito burra, entra lá no quarto e inventa de contar tudo direto pra ele, que nem exame nada tinha visto ainda. E o Pauzinho disse que agora ia dar gente na cadeia. Que nem resto das pernas dele tinha ficado no meio da serra de prova, mas que ele tinha certeza que a turma ia testemunhar, que ele ia colocar rico e gerentada no fundo duma cadeia. A gerentada mais; que eles eram os culpados. Que fosse tomar no cu a preocupação do subgerente agora. O Torella. Também a dos Israeli. Os da turma sempre avisavam do perigo e que um dia um deles ia cair lá. A reação do Pauzinho, que ficou sem as duas pernas no acidente da serraria, era só de pensar em matar o ordinário desse canalha subgerente, ele dizia tremendo bastante. "Não tinha sangue na serra mas tem o laudo médico", ele gritava pra essa tia dele no quarto do Pompeia.

O Pauzinho ficou sem as duas pernas e inconformado. A assistente social disse que ia mostrar ele pro outro doutor. E deram um abração no Pauzinho antes de sair do quarto. Abraçavam ele depois que a tia dele foi lá e contou tudo; já fazia 45 dias.

A primeira coisa que fizeram na vez do acidente na serraria foi salvar o Pauzinho. O Pauzinho era o homem que tinha caído na serra-fita e ficado sem as duas pernas. O Pauzinho morava depois que aposentaram ele com 32 anos no porão vazio dum imóvel lá na casa deles quando o Tio Morja, Morgênio, já tinha se amigado com a tia Damância. Bolor nas paredes tinha bastante e que agora já tava tudo habitado lá embaixo pelo Pauzinho. O sangue coagulado com estopa de óleo preto da perna doente do Pauzinho quando passaram com ele carregado. O escarro do Pauzinho colocando a cabeça pro lado. Duas latas bem cheinha de comida até a Damância deixava depois que ele voltou pra casa que ia ser o porãozinho dele e ele comia. O fedor que tinha a perna do Pauzinho depois que ele não tinha mais perna foi só no hospital. Aqui ele tava bom já. O porão, a casa, era antes do Nelso Jacométi, um gerente dos Israeli, pai de um que estudou pra engenheiro e que depois virou também industrialista de madeira. A casa era livre de pagamento e taxa, e o negro Antônio Morgênio tinha conseguido. Era ainda dele mesmo — o Jacométi — , cedida em sociedade com os Israeli. Media 11 metros de frente e tava alugada de empréstimo pro Morjão de família recém constituída com a Damância e a Andiara já há mais de um ano. E foi essa minha gente que amparou o Pauzinho lá na serraria quando ele voltou. Bem lá na esquina, no lado ímpar, na Rua Mutualidade; da Serraria das Goiabeiras era uma das melhores casas. E a Damância já grávida desse terceiro dela, o Adair, depois do Leidemar.

Os reboques dos caminhões por tudo na serraria, em cujo alinhamento de madeira o Pauzinho ficava pensando só olhando ali do chão que ele ficava sem perna. O Pauzinho se apoiava nas mãos pra andar e tinha no começo de se escorar nas pilhas de tábuas pra descansar os braços suando na testa. As crianças aproveitavam isso pra jogar terra nele. As crianças que dançavam cirandinha na hora do recreio na Escolinha Rondon, que depois se descobriu que não era escolinha de professora nada, que ela só atendia na serraria paga pra isso.

Quando os Bonatto do Matadouro iam pra praia o Pauzinho ficava reparando a casa até eles voltarem de Araranguá. A Lucília

Bonatto, que era muito bonita, com os dedos esticados fumando Continental, é que dava muito resto de comida boa que não era resto pro Pauzinho. O Pauzinho via a Lucília cozinhando pela janela da cozinha. Mas só da barriga pra cima, porque era muito alto onde ficava a Lucília cozinhando pra quem não tinha perna pra enxergar. O Seu Rozeno Bonatto abria as duas pernas e dava uns peidos. As calças bastante folgadas. Os peidos do Seu Bonatto todo mundo cheirava lá na cozinha, até a Lucília que corria levantar a janelinha. O Pauzinho ganhou uma porção de calças que o Seu Rozeno Bonatto não usava mais no final do ano.

Eles contavam que ouviam lá de dentro o Pauzinho pedindo esmola pros conhecidos que trabalhavam com ele na serraria. Às vezes, se ouvia o Pauzinho até pela janelinha. Um pedido que ficava lá do outro lado. Porque o Pauzinho ficava pedindo debaixo pra cima. O Pauzinho esmolando gorjeta lá na rua da frente e todo mundo ouvindo o Pauzinho dentro de casa até quando o chuveiro tava ligado e os Bonatto tomavam banho pensando se o Pauzinho dizia pros outros que era maltratado por eles que queriam tão bem o Pauzinho. Diz-se que que lá da casa da Damância é que diziam. Escorria pelos dedos da Lucília aqueles gritos do Pauzinho raiando com as crianças da escola lhe jogando mais uma porção de terra. A água do chuveiro tirando o cheiro lá que ela tinha pegado na cozinha. Dava pena na Lucília do Pauzinho. Não se sabia como crescia tanto a cabeleira dele. Também porque ele não bebia.

Sangrando as mãos, uma vez, ele insistia em dançar com a música do toca-discos da Lucília, que tinha trazido umas amigas em casa. Ninguém sabe, agora, depois que nunca mais se viu o Pauzinho, como é que ficou a perna dele. Ele foi convidado pro aniversário da Lucília; foi o que mais dançou.

Tinha um retrato que fizeram dele no começo da outra primavera; bem mais novo. Daquele jeitão do corpo dele nas fotos. A roupa transpirada. Apenas o sorriso. Como é que ele não bebia depois que ficou sem perna?

Tombado na cadeira olhando pras montanhas. Fechava os olhos e aquela vida estendida. Ele não se queixava. Só um dia o Pauzinho protestou. Mas foi só porque tava muito escuro pra ele descer a escadinha do corredor das prateleiras de sabão. De-bundinha daquele jeito, no corredor com a luz queimada. Ele caminhava com as mãos olhando pra trás porque vinha luz lá do alto do outro andar. Lá em cima, todo mundo lá da casa da tia Damância ficou olhando pro Pauzinho, que era bem pequeno, ainda mais no escuro. Sempre lavando o rosto com bastante espuma. O suor do despernado daquele jeito. A barriga com dois caroções. De uma ponta à outra.

Quando ele andava bem de saúde ele só voltava pro porãozinho onde morava de noite. E ele tinha sono e não dormia. Garrafinha de mentruz pra dor nos ombros. Gostava de uva. E tinha uma gavetinha cheia de sutiãs e calcinhas, decerto sabe-se da qual. Um guarda-chuva. Mas era preciso chover muito pra ele sair de guarda-chuva. Ninguém conseguia entender como o Pauzinho não se desesperava.

Ele todo inclinado pra comer, e a comida, sempre dada pela Damância, ele recebia com um sorriso, como se um doce agradecimento do Pauzinho tivesse ali. Conseguia depois dormir.

Todo mundo tinha temor de um dia ele fazer uma loucura. As crianças, uma vez, na hora do recreio brincavam com o pó da serragem. Como gralhas no pó, algazarravam a vida de nosso aleijado. Gralhas no pó e um aleijado no centro da serraria. No tempo das serrarias.

Hoje o Pauzinho também já é de Caxias. O Pauzinho que não se via mais, ele é visto de novo e reconhecido bem de longe ali na calçada do centro. Ele conhecia a Pérola das Colônias de antes, só uma vez, quando trouxeram ele do acidente pro Pompeia por causa das pernas. Depois se trouxe ele prum puxadinho lá da casa dos da Damância e ele foi também morar por um tempo.

Depois, pedindo gorjeta de esmola, bem que deu até de se sustentar sozinho. Enchendo aquela esmoleira de lata que ele tem sempre junto e mais a aposentadoria, o Pauzinho hoje já ta no que é dele. Além que a Lucília, a filha do Bonatto, que sempre conhece ele ainda do tempo da serraria, ajudou bastante ele por meio da Prefeitura.

O Pauzinho parece uma estatuetinha que pisca o dia inteiro lá na calçada. De-bunda na calçada olhando pra longe, pras montanhas da serra. A roupa transpirada em cima. Apenas o sorriso.

CABEÇA, PESCOÇO, GATO DESTRONCADO

"As diversões do povo são as lutas de gatos treinados e as execuções".

Jorge Luis Borges
em **O Relato de Brodie**.

As noites eram limpas, as noites eram estreladas, e o Valvite então largava o fígado, os rins, o coração e as tripas embaixo dum engradado. Levantava esse engradado à meia altura pra bem apoiar na forquilha e deixava lá já armado. Depois se afastava do caixote estendendo uma linha presa à forquilha, passava corpo e linha por dentro da cerca, e se escondia no escuro. Mas os gatos eram ariscos, crias da serragem e farelo, não se aproximavam dessa espécie de arapuca montada nas sombras do grande forno.

O que é que se inventasse nas serrarias já dava um bom movimento: os torneios de futebol com a narração do Rozeno, um Goiava que andava de casa em casa dizendo que fazia dinheiro, e as corridas de gato inventadas pelo mesmo Rozeno Bonatto.

Invenção do próprio, as tais carreiras não passavam de cinco fios estendidos na extensão da serraria e que já chamavam A Cancha dos

Gatos. Consistia em prender no pescoço de cada um dos parelheiros uma coleira de couro e argolinhas de uns quantos tamanhos prateadas. Quando os gatos disparavam, a argola então deslizava no fio de aço estendido, sendo uma ideia bem simples, Era carreira adaptada de cavalo e só trazia um problema. Não tinha se achado ainda a melhor forma de diminuir o sofrimento dos gatos.

Cinco metros após a linha de chegada, os bichos destroncavam o pescoço. Sem limites, depois que passavam, os gatos chasqueavam bruscamente ao darem com as estacas de ferro bem lá no final. Era ali o destronco e era a única judiaria mais forte sofrida pelos bichos.

Que até o Alfredo Buzaide sabia disso, dizem que foi denunciado.

Nesse jogo de gato inventado, o Valvite era o melhor ajudante. Era assim com o Rozeno! Caçava os gatos, pegava e tratava sozinho. Só ele sabia qual dos gatos era rufino e as potencialidades dos mesmos só olhando a tez e a cor. Que no seu passatempo de ronda, até uma saleta pros bichos já tinha inventado. Com taquaras e taquarinhas, com casca de muito tatu, adornou as paredes. A Saleta das Apostas, ele dizia; um puxado de madeira pros gatos ficarem ali, cada um na sua jaulinha forrada de celofane. Cada caixote em seu espaço, tudo muito organizado com microfone e caixa de som.

A serraria vinha em peso pra essa junção de saleta e tablado. Que ali o Rozeno levantava uma tal Tábua das Apostas pra poder melhor explicar. Puxava dum microfone, os fios por trás de uns tatus na parede, e então que entusiasmava. *Apostem na gata do Paco! Vale dois.* Cada um desse palpite. *Se mexam pra jogar!* Que a cada indeciso visto, o Valvite já levava um ganchinho. Um ganchinho, guiada de ferro, e cutucasse pra decidir. E então que se via: cada pelo arrepiado, o bigode mais justo do gato, o tamanho das unhas de cada um. Cada gato espetado reunia um bolinho de gente. Que aos gritos, miúdos, tripas jogavam, apostavam com o coração.

II

Numa certa noite, o Valvite viu como um dos gatos veio: meio desconfiado, andando em volta, cheirando o engradado antes. O Valvite tremeu de nervoso. Era uma caça esperada, um gato que só destreza, uma caça pra paciência e muita atenção. Desconfiado. Era um gato de pelo preto, que se confundia com o escuro. Que só se deixou se prender traído pelos miúdos, pelas tripas, por um segundo de distração. Foi só quando deu. A linha esticou-se, firme, e o caixote baixou de brusco. Ah!, que o gato de debateu já unhando, que se embolou bicho e isca, que já era um diabo que tava ali.

O Valvite então, o coração acelerado, veio do escuro e se aproximou da caixa com a lanterna. Mirou na cara do bicho preso e parece que até vibrou. Que o gato, ao sentir a aproximação e o cheiro do ronda, ao ser focado pela lanterna, ronronou, mostrou as garras, circulou raspando e tapando com terra seca a sua isca, a traição.

—Não é que te peguei! Não é que te peguei, que o pariu! — gritava o Valvite, o Valvite já colocando uma pedra por cima do engradado.

BomBril. Esse era o nome do presidiário na caixa. Era assim que chamavam o gato por causa dessa sua já famosa cor ligada ao pelo preto. Um pelo preto-preto, puxando pro azulado. Que o BomBril, com os olhos azuis no escuro, era mesmo um mau anjo enviado.

Tossindo, prendendo a manta, que o Valvite saiu bem louco. Queria na mesma noite contar pro Rozeno lá perto do Matadouro a prisão do acelerado. Que o Seu Rozeno queria este; queria o gato ligeiro que só via de longe, raivoso, fugando por entre casebre. Fugindo sempre e com um brilhar do diabo nos seus olhos escuros. Que o Rozeno pagou na hora o prometido. Que Deus abençoasse o Valvite!, disse logo que viu o gato preso. E o Rozeno já foi dizendo ali mesmo que tinha chegado a hora do Djalmo e a remelada; de recuperar o que tinha perdido.

Que o Djalmo era o dono de tudo e era dono também de uma gata branca, uma gata de muito gênio, criada com mimo e nata. Que a Melada era uma gata branca que tinha o pelo mesmo bastante branco. O pelo, a pele e até os olhos remelados, e que menos ver podia ainda nos dias de muito sol. Só que tinha os cambitos finos, a marca dos gatos rápidos. O Djalmo — com essa Melada dele e até então invicto — já andava acostumado a ganhar do Rozeno Bonatto naquela modalidade inventada pelo próprio. Que a albininha da Melada corria só por instinto. E que o Djalmo apostava às cegas, não importava quem fosse.

E, dada então pelo Valvite, correu a notícia da carreira extraordinária daquele próximo domingo, da homenagem ao comprador de madeira em visita. Que o Seu Rozeno Bonatto apostava no BomBril, que até perdiz e banho já tinha dado no bicho. Que o Seu Zeno tinha um Apolo 11 pra ser disparado no domingo.

III

No domingo, já ali no partidor estavam os vivinhos. Ou as vivinhas, por ordem de gentileza. Pretensiosa e Segredo, o que ia correr pelo meio. Na ponta de lá, na esquerda e por sorte na sombra, a Melada dos Olhos. A Lagartixa do Paco e o BomBril sobraram nos fios 4 e 5, sendo que o BomBril na extrema.

No partidor do BomBril, calçado em luvas de couro, umas luvas muito grossas, na altura das axilas, andava o Valvite. O Valvite que tentava amanusear de algum jeito o BomBril assustado. Toda a gatarada circulava assustada dentro das caixas, porque o Desmontado das Costas largava foguetes, uma espécie de propaganda inventada por ele mesmo. E, aí, se podia ver as apostas retardatárias, se podia ver que não mais chovia, se podia ver as marcas profundas, o couro das luvas, os lanhos dos gatos.

Sem gato em aposta, o Seu João Marreco Maciel tinha sido o escolhido pra ser juiz. Mas que relutava, porque ele pensava em poder contar com o de fora. Que o Canadá aceitasse, que ajudasse como neutro, que aquilo era só diversão. Que promissória e dinheiro, se havia, e não era muito, era só pra deixar o pessoal um pouco mais envolvido.

Nunca se soube do combinado naquela conversa, da forma que o Marreco convenceu. O fato é que antes que escurecesse, bem antes, tinha o canadense comprador de madeira como aliado e já tinha dado a partida. E com uma justa homenagem no páreo: Grande Prêmio Emílio Médici, o páreo da gatarada.

Que a partida dos gatos no páreo se dava com um tiro do juiz. Na hora que soava o disparo, o juiz ajudante levantava as portinholas alavancando por trás as jaulinhas. A portinhola se abria e os gatos rufavam: 350 metros até o destronco.

E foi então que deu a atrapalhação que nunca tinha dado em outras carreiras. Que teve uma atrapalhação na chegada dessa corrida que o Rozeno ia ganhando com o BomBril de barbada, bem, mas bem lá na frente dos outros dois que ainda deram a saída: o Segredo e uma outras das gatas. Que a Olhos Melados nem saiu. E nem a Lagartixa.

Que na hora da largada, o Canadá teria aberto a caixa antes do tiro, atrapalhado pelos foguetes. E que o BomBril, que o BomBril nem esperou mais Deus e mais nada pra sair um gato-louco que parecia o Apolo 11 então disparado.

Os apostadores do BomBril já vibravam, o Zeno com o Berato davam-lhe pulos. Ah, mas o Djalmo subiu as veias! E o Djalmo Dornelles já se apresentou dizendo que aquilo era roubo, que tinha de ter nova largada, que botassem nas caixas de novo todos os gatos, até os que já tinham corrido.

Queria ali e agora tudo de novo: os gatos, as apostas, o dinheiro envolvido. Queria a corrida de novo, não viessem com transferir!

Ih, nossa! Que a cruz, nos bailes, o perdão ficava nos fundos. Que o Seu Morgênio era nervoso, que o Seu Rozeno era só coração. E que o BomBril andava longe. Que tinha ido azulando em direção ao destronco. Que passo por lá como um raio, e levando de arrasto, em corrida, ainda a estaca de ferro. Que se foi Mutualidade abaixo se embrenhando num serradinho.

E o Dornelles, donão, aí que se viu cercado por tudo. Que lhe rodearam, que tinha envolvido dinheiro e muito; dinheiro dele e dinheiro de outra gente naquela aposta. Gente de outras serrarias e estes já lhe cobravam como é que se fazia? Como é que se fazia quando um dos gatos saía da cancha e não dava de recuperar?

O Seu Saul Israeli, agora é que se sabia, sem contar o Djalmo, era o que ia ficar mais ralado. Era o que tinha mais apostado, até com lista, na Melada dos Olhos, na geniosa do Dornelles, na gata que nem saiu.

O Seu João Marreco Maciel nunca tinha visto um gato arrebentar estaca de destronco e pediu um tempo. Queria pensar, conversar e resolver como é que se fazia na ausência de norma escrita, sem ter um regulamento!?

O Seu Marreco assustado com cada foguete estourado. Um, dois, três estouros seguidos e aí então é que se podia ver que o Marreco se atrapalhava pensando. Pensando no dinheiro envolvido, dinheiro grosso, que vinha guardado. Muita aposta de gente de fora e eles vivendo isso ali: o atrapalhado sofrendo pra decidir. E que decidisse ali mesmo, sem sair. Que fosse ali mesmo, na cancha, ao ar livre, sem correr pra escritório.

E já tava escurecendo quando o Seu Marreco Maciel decidiu que tinham de dar uma nova partida. Que era o mais justo; que era o mais certo num assunto tão delicado.

Naquelas alturas, só se falava em como buscar de novo o BomBril. E, se achassem, ia ter fôlego? Ia então correr duas vezes com o mesmo jeito? E com que velocidade?

E falavam também no que dava misturar dono de madeira comprada em carreira como participante. Que o Bonatto devia se preocupar com a gatarada e não em fazer homenagem. Parar de pensar em homenagem, em canadense e Emílio Médici mesmo dito.

Que o Seu Rozeno Bonatto então dizia, de fato, o Canadá se precipitara, trocando foguete por tiro, decerto na língua dele. E então que aumentou a insistência do Djalmo, ajudado pelo purgante do Borella. *Que carreira marcada* é *carreira no dia,* dizia. E dizia: *Ah, e não e de jeito nenhum que não me venham com transferir*! Que fizessem de novo, que não tem-portância!, que fossem a puta que o pariu com gato alçado! Ih, nossa|! Que a cruz, que os bailes, que o que é que se inventasse nas serrarias já dava um bom movimento e ficou um entre um o Djalmo e o Dorvalino, o Paco, o Borella, o Morgênio e o Getulião, e mais um dos filhos do Israeli. Que o cabeludo esse com um daquelas da Dovir e o Djalmo que já vinha afastado, depois que ele deu uns bens dados no cachaço importador e só bem mais lá foi que o Seu Marreco Maciel finalmente decidiu. Que comunicou a decisão que tinham tomado pros nervos quente do Djalmo. Que ia dar mesmo de novo a partida e que o Rozeno apresentasse outra vez o BomBril. Que no desespero de se ver falido, sem poder competir, o Seu Rozeno pegou o Dorvalino pelo braço e disse que levasse o Valvite, a turma que pudesse, que fossem pros lados do forno pra capturar o BomBril.

IV

Na manhã seguinte, o Rozeno não acordou. Estava morto. Esponja grande, o Rozeno tinha o coração pra dentro, disseram quando morreu. Que a dor, na noite que a dor lhe veio, lhe deixou esfaqueado. Bem esfaqueado, ficou de olho aberto o Rozeno Bonatto com a doçura que tinha de gente do interior.

Que fervia de quente o coração do Seu Rozeno. Seu grande coração decerto queimava no enfarto dele. O susto foi um só. Soubera já mortalmente do seu coração pifando.

Dói a cabeça. A cabeça dói de aviso. Para alguém sozinho como o Rozeno, tragam água nesta hora. E diz-se que tava sozinho. Que se abraçou com força. Decerto pra não morrer.

Que seu peito ardia, que esfaqueava com a língua na flor.

Que seu peito ardia. Que acharam o homem pesado de olhão aberto no sofá da sala. Ar de criança triste já sem tremor. De cabeça pendente. Morto. Sozinho. Ardia muito e ficou estirado. Olhar dum estirado o do Seu Rozeno. Olhar de quem morreu sozinho e preocupado.

No meio duma estrada. Ronco de caminhões acorrentados com toras em seus reboques. Um chaveirinho sendo matado no seu peito nas partes mais cabeludas. Esmagaram o peito largo do Seu Rozeno patas de gato preto na hora do enforcamento. Um carrinho de morro da infância feito pelo Rozeno parado ali. No grande peito. No grande peito do enfartado sozinho. No grande peito desse Seu Rozeno que ia no Cabaré das Gasolina. Cabaré com tabuinha de gasolina e com desenho de suástica em boa parte do forro. Se abasteciam os carrinhos de morro com Gasolina Jacaré. Que o cabaré depois foi transferido na sua totalidade pra um lugar mais adequado. Pra nova sede e que nem os cascos vazios de garrafa levaram junto. Pra nova zona dos Ausentes. Pra vizinhar então com o Cilício, também com o M. D. Ludgero. Que eram os que já estavam antes. O M. D. Ludgero que não deixava puxar a água do poço dele no começo e foi o mais difícil.

Cabaré sem água pra higiene das mulheres. Mas que depois desse princípio assim ruim melhorou só na amizade. Que o Seu Rozeno era bom, e que fez a ligação pras mulheres. Entre as Gasolina e o M. D. Que o Rozeno era bom, que pedia o uso da palavra nos comícios e ficou famoso na imitação do alto-falante na narração de futebol pra fazer amizade com os jogadores, a freguesia maior da zona: o Cilício, o Ludgero e também delas agora, as Gasolina.

Que o Seu Rozeno deduziu que o BomBril tinha fugado para a zona do meretrício onde era bem tratado.

"*Cabeça, pescoço, paleta, meio corpo, um comprimento, luz*".

Que o Seu Rozeno narrava bem ligeiro e de mentira mentalmente o final das carreiras dos gatos nos tempos das serrarias. Que mandava o fôlego no microfonezinho atacando pela direita sempre: decerto porque ele não era canhoto no dia a dia — e até nas lembranças dele pra jogar futebol só de cabeça o ataque, garantem que tinha de ser só pela direita também.

Grêmio Esportivo Pérola pela direita. Vozeirão do Rozeno, vozeirão.

Ataca o Pérola pela direita. Levantamento de bola na área. Ventosa no peito.

Na marca do pênalti. Ventosa vai marcar. Atirou. Sensacional defesa de Luís Eliomar. A bola vai entrando, Travadeira. Defendeu de novo, sensacional Eniomar.

E com as duas defesas contentava também a turminha do Goiabeiras F. C. que tava gastando muito também quando vieram disputar o Torneio dos Ausentes e que ficaram com a tacinha de terceiro lugar.

Uma bola de Ventosa. Uma defesa estupenda de Luis Eniomar. Ele espalmou, a bola subiu, ia entrando, deu um pulo no ar e conseguiu fazer de novo a defesa. Luís Eniomar, como um gato, um a um permanece o placar aos 42 do segundo tempo. Que jogaço estão fazendo Goiabeiras e Pérola!, dizia ele de coração enorme que tinha nas horas de emoção.

Não, não, dissera a Clodovir, o BomBril não tinha aparecido naquele finalzinho de tarde.

E o Seu Rozeno voltou para casa cansado e se deitou no sofá mesmo.

OS DIAS E AS NOITES DE DULA

A Dula ia e vinha da Clínica Paulo Guedes onde lhe davam injeçãozão. Não se sabia como ela fazia, porque a Dula não podia viajar. Com aquela fraqueza mental dela, vivia em Frei Getúlio e não havia quem não conhecesse ali. Mas na Clínica se deitava com os olhos cerrados e se deitava na Clínica e não ficava incomodando ninguém. Decerto a injeção. A Dula ficava bem tranquila e com quem vai erguê-la ela não é capaz de xingar. Sabe, ela se arrastou descalça ontem à noite pra chegar no banheiro. Não queria incomodar.

Agora, depois do banho, ela está assim, olhando pra Frei Getúlio. A força da injeção o que não faz!? Olhando bem, a Dula parece uma boneca de pano jogada, mas é boneca de pano de camisola de seda branca à altura das coxas. A Dula *com a fraqueza mental dela, como se diz, atinge as coisas de longe. Compreende tudo. Sabe como é um* amar, ela que tem uns olhos de chuva, sabe ser acolhida com carinho no seio de uma família. Ela sabe, sim. Sabe quando a maltratam.

A Maria Dolores, que é a Dula, fica arrasada em ser tratada assim. Ela gostaria de dançar e se divertir ali na Clínica como faz no Frei. E a Dula tem muitos outros prejuízos na vida além de sair de Frei Getúlio então. N*ão se deixa ser* evangelizada por pastor nenhum e nem fica, por isso, com remorso. É afilhada da Siá Luiza benzedeira e não vai trocar. Tem é saudade é de se embebedar, isso sim. Um porre daqueles com vinho de garrafão. A Dula nem se compara.

Decerto acham ela "enervada", decerto o mau uso do remédio, mas nem assim quer saber de interdição. Não aceita "interdição". Que as suas primas vão à puta, que ela lembra a sua infância inteira, de uns milhões de pinheiros, de campo com touro e vaca e da espuma de um bom camargo antes do amanhecer. *Maria Dolores lembra de uma reza de* São Boaventura antes do amanhecer e gosta ainda de *roscas de* polvilho e do Farol de Laguna. Ela não está louca, não.

Por isso que a Dula foi internada de novo só um mês. Quando voltou, dava Bom Dia pra todo mundo e foi uma semana dando Bom Dia assim. E foi uma tristeza quando a Dula começou a massagear as mãos no umbigo, abaixo do umbigo, mais abaixo do umbigo e dizia que era igual a Brigitte Bardot. Mas Seu Odilinho já estava com o jato fraco, mijava quase nos pés, com muito baixa ejaculação. Pegava uma nota de dez e dava pra Dula. E a Dula saía a caminhar.

A primeira estrela desta noite foi a Dula quem viu. E foi! Costumava ficar olhando pro céu até a primeira estrela aparecer. Depois largava o céu de mão pra começar: os dois gêmeos eram dois Sansão e que passavam cachaça nos braços. Eles dominavam até fantasmas se fosse precisar. É que as ruas Frei Getúlio à noite se desenhavam como um medo. Que era Dula de saco de estopa por cima da cabeça e uma espada de pau. E uma multidão de meninos surgia na esquina para o duelo, para as escaramuças e negaças que poderiam ferir.

Por isso, chamavam o Abilinho, juiz de menores, para a ronda geral. As ruas de Frei Getúlio se desenhavam como um antigo medo, mas não é daquele medo dos meninos em fuga da Dula que eu falo. Porque eu só posso falar um pouco porque era uma dúvida. Se a Dula era epilética ou era coisa de pinel.

Coitadinha, eu nem deveria falar em medo naquela pessoa que acostumei a gostar por causa da minha avó com sua bíblia contra o peito depois da sua assembleia com Deus e dizia "Paz do Senhor, Maria Dolores".

Paz do Senhor dá um medo diferente em qualquer um. Talvez medo bom, porque é o que a Dula gostava: do temor de sair caminhar à noite pelas velhas ruas de Frei Getúlio parecendo que sem dormir.

Todas as noites, de fato, não parecia ser noite só de vez em quando, entendem?! Eram as ruas mais dela do que qualquer um.

Dula fantasma, Dula com suas memórias. Talvez bebesse por aquilo que ainda desejasse fazer. Não pegava a primeira estrela do céu então? Não pegava? E por que ela deixava este céu estrelado e de inexplicável clarão?

Dula andava nas ruas do Frei à noite e somava e acrescentava juros um sírio-libanes. Um sírio que ia sempre esperar o ônibus na rodoviária e quando o ônibus chegava ele se benzia duas vezes. Ia toda a noite fazer isso, uma espécie de preocupação com quem ele nem sabia que ia chegar.

Era igual o Seu Dino Pinto que tinha uma mania muito particular: chamava a rua do hospital da Rua das Dores e dizia que da casa de um velho médico funcionou o primeiro hospital. Seu Dino Pinto falava de uma perna quebrada, uma cama feito padiola, essas coisas de acidente que o sírio devia temer com o ônibus.

Maca de futura mãe. Foi numa maca que deitaram a Dula na Paulo Guedes para um injeçãozão. Até parece que ia dar à luz à noite e foi num potreiro deste homem, dizia o Seu Dino, que virou um hospital. Teodósio, Tersila, Northon. Nasceram ali.

Frei Getúlio aproveitou bem o hospital no tempo ainda de muito pinhal. E diziam que era uma experiência bem nítida passar a nascer por causa natural em casa ou nascer no hospital. Que em casa é de beijar santinho no peito, ajeitando uma incerta janela pro vento não pegar o recém nascidinho em pleno pulmão.

Que a Dula decerto nasceu por causa do jeito dela andar. Andar andando olhando pra cima e olhando o velho céu a escurecer. Não havia sereno, não havia frio quando ela escolhesse pra caminhar. Às vezes, num dobrar de esquina, diziam que ela tinha algo pra esconder. Era alguma coisa que a Dula ganhou e ela tinha medo instintivamente que fossem lhe tomar.

Ainda mora o fulano aqui? O Arcílio. O que fizeram daquele bar? Uma espada de pau a Dula dizia que era pra enfrentar uma multidão de meninos e ela caminha então pelas ruas do Frei sem saber que, numa outra parte da cidade, uma moça caminha só. É uma moça que perdeu o seu amor, é uma moça que o seu amor não soube compreender.

A Dula era destas dos incompreendidos e das ausências prematuras. Que a mãe dela morreu cedo e o pai da Dula nunca chegou a voltar.

Na Clínica Paulo Guedes não tem estes sentimentalismos, eles se preocupam mais se a pessoa não esqueceu. Esqueceu o documento de identidade, a cartelinha de controle da loucura anterior. Se a Dula levasse um mapa pra pinel, sei lá, um mapa, seria um trechinho de Londres.

Não. Seria um desenho com as peras das irmãs franciscanas ainda estão ao alcance da Dula na escuridão. Diziam que a Dula roubava pera das irmãs. As uvas e o cachorro brabo das irmãs por trás daquele muro ainda não conseguiam impedir.

Memórias em cada sapato do Seu Chimbo Sapateiro. A Dula falava que o seu sapato era um pouco torto de tanto andar. Seu Chimbo ria, era amigo do Rozeno e de tantos outros que a Dula trazia na palma da mão. Podia dar o maior ventão que ela não esquecia o nome de ninguém. Ó! Tavam presos nela.

A Dula é aquela com estopa vestida na rua escura. Vai, vai, vai escura até no fundão.

Antes, balançou uma antiga placa do Dorval Vianna. Chacoalhou com o vento ainda no tempo em que a Lojinha Vianna rivalizava com o Ismael. Ficava pairando sobre os dois comércios o Danda. Seu Danda que só usava pala e queria lá saber... Sereno é pra quem bate pernas. Anda na Rua Inácio Dutra, dispensa espera de ônibus, ande a pé sem se benzer.

As ruas do Frei Getúlio à noite! Há ruas que parecem como cópia de uma gravidez.
Caminhar bem rente à paroquial e haverá sempre um pingo da calha a cair.
Noturno encontro com os dois cavalos na fachada. Vejam como é bem variado, há um corrediço portão. Até aquário! Pra valer. Esquina da Rua Arthur Ferreira.

Esquinas imortais. Esquina pra pensar um filho. Ruas que homenageiam a Pátria, vielas de lágrimas comuns.

Quantos amores! Quantas tristezas, ruas do Frei!

Por esta consolação de cidade boa que a Dula gostava de caminhar. Decerto que cheirava um perfume de mais de 100 anos que ainda perfuma. Afetos de 100 anos que ainda afetam. Lavouras de 100 anos que ainda lhes dão o pão.

Pão e cachaça. Diziam que os gêmeos passavam cachaça nos braços antes de dormir. E a Dula dizia, "Eu não sou de pedir". E nada do que ela ganhava era por dó. Todo mundo ajudava ela e a Dula ganhou uma calça de jeans. Uma pantalona. Não tirava mais. Andava com a barra molhada e com a barra molhada andava assim. Igual ao gêmeo do Lura. Que o Seu Lura tinha dois gêmeos e não sabia distinguir. Juvenal e Juvenil. O Seu Lura então mandava que o Juvenal se banhasse de roupa no rio. E o Roupa Molhada começou assim. Mas não foi muito sério por causa do frio. E o Seu Lura gerenciou com a mulher dele que bordasse no bolsinho das camisas o nome dos dois. Aí não se atrapalhava mais e isso foi assim até virarem uns marmanjões. Cada braço dava dois. Cofre, piano, bigorna, carregavam num fretes e carretos de forma fácil de considerar. Cada braço dava dois e carregavam tonel. Eram 50 os litros de leite que o Seu Gote entregava de galhota bem cedo da manhã. "Sobrou um leite. Leve pras crianças".

E a Dula ficava com a obrigação de o litro devolver. Muito prejuízo a Dula deu pro Seu Gote só em litros que ela vendia depois e jogava até no bicho.

A Dula nem precisa dormir. A Dula nem precisa de remédio. A Dula gosta de amanhecer. Bem que nem ela era prima-irmã do Cadega que era frentista da Esso aqui. O Cadega dizia que o Rockefeller era o seu patrão e não gente de Frei Getúlio. Usava um óculos de sol e por essa do Rockefeller fazia jogo do bicho dentro da lei. Ele tinha uma política de boa vizinhança e se dava com o Vassoura que trazia vassoura do campo e não cobrava de ninguém. Havia sempre uma bicicleta preta na frente do Homero Finger. Bicicleta com decalco, coisa mais linda de se ver. O Homero Finger era da Livraria Brizola.

O Brizola, que era o Seu Homero, era baterista. O fulano era isto e aquilo por suposição: rock, se fosse baile de rock. Música bem gaúcha também chamavam ele pra lá.

A Dula dizia que não era gaúcha e que ela era hippie e botava um pedacinho de vassoura do Vassoura que vinha com umas florzinhas em cima dos cabelos. Ficava a coisa mais linda também. Sério. Coisa de desenhar.

Podia dar um ventão. A Dula trazia cada um com o nome aqui: ah, o Jerivá! A Cacilda. Há o Juvenal Rosa, o Varanda, o João Bola e a Rita, há, meu Deus!, o Horácio. O Algacir e o Cacildo.

A Sebastiana, a Benta, a Infalivina e o Altino Bonito eram gente humilde que nem a Maria Dolores.

Que a Dula dizia "tinta de tintá" e o Estropiado, o Seu Alberto do Cinema, o Lambreta e o Joãozinho do Seu Nei começavam a rir.

Riam ainda mais dela com carinho quando ela dizia "tá doento o dente".

Que fim levou a Rola? Onde andará o Dezesseis? O Cadega com o seu talão de jogo do bicho dentro da lei. Até no tempo do Jânio Quadros ele continuou. O Brunê, o Valêncio, a dupla Jada e Gaspar. Que o Bagorra uma vez ganhou dos dois contra ele no bilhar. Vieram de dupla e o sangue do Cristino soube lhes encaçapar.

Um talento nato, como a Matilde vinha a nascer. A Matilde com sua gaita. Era a coisa mais bonita a Dula apontando a primeira estrela da noite e a Matilde naquela gaita a tocar. O João Bolinha "inticando" com quem passasse; inticando, em outras palavras, era a forma de namorar.

O amor do amor entre o Seu Antônio Sádio e Tia Cila. A Tia Cila presenteava maçã pra Dula só por amor. Matilde toque essa gaita que a Dula não é de roubar pera das irmãs.

O Seu Velocino presenteando carne em cada Natal.

O Bar do Horácio vendia cachaça. Pra Dula e pros braços do Juvenal e Juvenil. O Tio Vacariano e a Dona Tila também eram amor do amor.

A Selina. O João Pitoco. O Ratinho Valêncio no futebol. Falecido prematuro, o melhor jogador que Frei Getúlio viu.

Serafim; Jarcedi, Celito e Bastio. O Esporte Clube Esmeralda jogava só com três zagueiros então. O Serafim era o goleiro e isso até a Dula sabia entender. Entendia o Romano Boff tocando um flautim, do Tercivaldo dando milho aos pombos, dos Irmãos Sansão e do Seu Dorivalzão.

Eram os mais fortes de Frei Getúlio, as pernas deles nem cabiam na lambreta que agora era a moda ali.

Lambreta teve um tempo. Pantalona um tempo depois. A Dula pegou estes dois tempos e quem pegou quase um século pelas ruas, com seu passo trôpego, era o Seu José Padeiro: jogador de jogo em carreiras, armava uma espécie de cassino em carreira que fosse acompanhar.

O Seu José Padeiro só não era da Associação de Cassinos ou Associação de Sete Baiano porque não havia associação. O Seu Favorino é que dizia que o Serafim só não era da Seleção Brasileira porque nasceu em Frei Getúlio. O Seu Favorino dizia pra Dula, "Pegue isso aqui". Era uma nota de cruzeiro só.

Quantos cruzeiros em milhões de terra. Os Heiurque tinham terra com pinheiros e cabia ao Seu Abdon Bulahud fazer os processos de herança andar. "Homem da lei e de Deus".

Que o Seu Abdon trabalhava no fórum e morava com os freis. Freis que sempre foram gente boa por causa do nosso do Frei Getúlio. Uma cidade inteirinha chamada de Frei Getulio. Os freis gostavam tanto da homenagem que até compraram um jipão. Pra visitar fazenda mais longe, pra dar a extrema unção pra quem era de morar em beira do rio ou faxinal.

Siá Luiza com as suas benzeduras. A Dona Palmira também. Dona Bilia tocando o sino da igrejinha e essa Dula sempre a lhe acompanhar. Que a Dula tinha uma mania de ser sombra às vezes, até de caminhão que puxava lenha a Dula saía bem do lado a andar.

Jesus, e era o Seu "Julião"!! Seu caminhão puxava lenha e o Seu Julião era outro que não cabia em lambreta e a Dula a provocar. "Se me caí um pau de lenha na cabeça dessa louquinha, eu é que vou depois me incomodar". O Seu Julião dizia pro Inspetor José Ivan.

O Acobar também era da polícia civil e usava pulseiras nos punhos. Investigavam como se fosse hoje a morte do Seu Heiurque, pois foi só no que se falou. No incêndio da casa da Dona Rute. Que a Dula vendo o fogo consumindo tudo era aquela que dizia "a tinta de tintá".

Que é a tinta que faz a labareda. O maior incêndio que houve no Frei foi de uma marcenaria de um fala com sotaque, veja se não é cada um: Dona Mariinha do Pessegueiro, a Carmosina e a Lôra. Veja se não é cada um. Ou uma no modo de dizer.

Seu Palmiro, avô do Florizeu, um. Dona Tercila, avó do Florizeu, uma.

A Dula podia dar um ventão que ela sabia quem é que nasceu. Quem era a neta daqueles e daquelas então.

Salve, Dagmar!!!

Tinha nome mais bonito que o daquela criança em Frei Getúlio?? Frei Getúlio acostumado com as Donas Bilia, nem Nossa Senhora de Fátima era mais bonito que a Dagmar.

Maria Dolores eu sinto saudade, a Dona Bilia dizia quando a sombra se sumia por um ou dois meses. Era quando era internação. E a Dula uma vez disse que "A Saudade", da própria autoria do Seu Bite era o que ela mais gostava de cantar.

A Dula ia no Baile do Doca quando ainda deixavam ela entrar. A Dula comia pastel sem nunca pedir. Tinham dó. O Seu Gote lhe oferecia uns litros de leite e depois nem tinha de pagar.

A Dula conhecia todo mundo, os inteligentes, os educados, sabia que a doceira não gostava de bola de futebol fosse bater no seu jardim. O Moura era o soldado mais popular. E como a Dula comia pastel, a Teresa Poli fazia o melhor pastel da cidade só pra ela saber.

Que a Teresa Poli trabalhou em lancheria do Marconi e na lancheria do Adão, que não era o Bar do Horácio. E a Teresa Poli depois do pastel também vendia Avon.

Um perfume pra Esina. A Esina do Romualdinho que ocupava a casa da cidade só em tempo de festas. Era um fazendeirão. Ele e a D. Elisa, que diziam que foi na casa da D. Elisa que na Revolução de 30 dormiu o Assis Chateaubriand.

O Assis Chateaubriand em Frei Getúlio. A Candoca nem se sabe como findou.
A Candoca era irmã da Isolina, parentas próxima da Maria Dolores.

Portachinsky, polaco, ferreiro. Jalila Amara sobrinha do mesmo.

A Dula tinha medo do Cabo Louco e a Dula teria tido um filho com o Acácio Ly. Se era perguntado por isso, Seu Acácio preferia papear sobre a Bahia, filosofia e muito mais do que leu.

A Dula gostava era do Bastião Pinto e pra esse Acácio não passou de uma caseira no tempo de verão. Caseirou também pra Tertuliana, cinco ou seis mais. Com seu sorriso tímido, a Dula agora anda com um saco de estopa e com a outra mão um pedaço de pau.

Não dá pra esquecer está coisa de dia mais triste. Já vai passar um funeral e a Dula pra isso não é uma coisa inválida. Acompanha todos os mortos, do mais forte negociante até da Carolina, filha do Demétrio com a Laurinda, que eram bem pobres então.

Trocando de assunto, a do sapato torto e pantalona era que nem a Brisula, que era outra Dula de Frei Getúlio.

Tinha duas em Frei Getúlio que o Schaidt pedreiro ficava a admirar. De roupa de inverno no verão e a Rafaela e as suas "meninas" se admiraram disso. A Rafaela e as suas meninas eram do meretrício e que salvaram o turco Ismail. Também um acidente, numa descida sem freio, quase fatal.

Os soldados, antes, eram Saul e Miche. Frei Getúlio foi até visitado pelo governador Ildo Meneghetti.

A Maria Dolores moça, bem mais moça, colegial, daí pro governador foi Maria Dolores. Ninguém chamou ela de Dula na frente do governador. O que é um governador!!

Bem legal.

A Dula uma vez foi pra Paulo Guedes, desta vez pra ficar. Depois abriram uma Casa de Tintas & Ferragens que começou muito próspera em todo o Frei. E A Dula tinha nove filhos, no modo de se dizer. Getulienses.

MARISA ROLA

Força contra o pescoço. Entrevando o sangue. Os dedos com força perto das orelhas. Ela com um inchume nos joelhos. Ela tava caída na laje fria do banheiro e ele fazendo força com as mãos dele contra os seus braços. A cabeça dela parece que doía pendendo pro pescoço. Uns escombros: sua mão murcha e com uns coxões sem nada de veia. O desgraçado fazia força em apuros. As articulações dos ossos dela por baixo da pele clara e gordurosa como se fosse a parte interna de uma lata de lavagem. A mão dela se contorcendo. Não precisava se assustar, desgraçado! Silêncio. Ela não gritava. Repousadinha com bastante dor nas costas reumática e com os cotovelos raspando no chão. O espinhaço sanguineo como o passar da tartaruga sobre os trilhos. Gemidos dela. Força do homem contra a indefesa. Força. A cabeça quente e ela meio aleijada. Tudo torta do posicionamento que o outro tava fazendo. Isto é como levar uma cadeirada. O operário triste e com o seu tambor morto. Olhar. O seu corpo sendo violado na laje fria do banheiro. Com a boca suspirando ar. A violência do homem. Meio ajoelhado, ela queria ajuda e bem quieta: a violência dos calmos. Ele enfia uma guiada com bastante força na mulher caída. Que importa os rangidos da laje dura e fria, que importa a dor ou a febre... Que se vire essa estuprada de cabeça para baixo! Fuçando como um touro bravo e selvagem no centro da arena, fuçando por cima da fêmea sanguinea.

A arena que se transformou o banheiro. Pedras se partem. Ao meio.

Pedimos que não se fique tão próximo do picadeiro; as fuçadas na mulher com os braços presos. Com seu rosto superficial e sincero. Seu riso. Olha o balde. Os dedos do homem tremem. Novamente esboça um grito de cabeça para baixo na laje rangente. Sua dor de estuprada é tão grande; tão enforcar-se com uma corda. O que é o gosto deste doente: seios grandão da mulher. Cintura larga da mulher. A bunda gordurosa dela. Na laje do banheiro. Que lhe tirem os dois braços e cessam todas as dores da pressão do violador. Seu cérebro e o que resta do corpo amolentado, arranquem fora! Com força: o cérebro e o corpo amolentado desta mulher na madrugada de domingo que ainda é sábado. Na laje do banheiro. Uns pedaços das pernas, da bunda natural da mulher; prazer ao estuprador. Olha a fuçada! A chifrada. Selvagem. O pé dela com osso. As tripas. O silêncio. A capa suja de sangue quente. Parece um jacaré a lagarta que capitula na laje do banheiro com a sua dor no ventre. Traz para o exterior a sua dor. Magnífico! Guinada de corpo. Machuca. Machuca esta mulher ainda viva. Dói. Esta mulher cúmplice da dor dela própria. Sem trato. Ainda viva, dói. O ventre dela para o homem. À força. É a sua época de grito. Rasgando a carne. Estuprador maldito. Selvagem. Bravo. Quase sem espaço. Na laje do banheiro. A carne dessa mulher o satisfaz. Fere-lhe. A mulher está ferida. Visualmente. Nova dor. Desejo. Tão emocionante. Ferro e aço. Fere-lhe. Gume penetrante. Penetra rasgando esta carne. Deste animal em que a mulher foi transformada. Rasgando. Dor. Dói-lhe. Sangrada no coração. A genitália sendo violada. Com força. Não tira sangue dela. É a seco. Com pressa e selvagem. Tira-lhe a dor. Tira para fora. O forro do banheiro. Ela fica olhando com os olhos muito abertos o forro do banheiro. A laje fria do banheiro embaixo. O coração desta mulher também está frio. Sangrado. Sangrado. Fuça. No chão. A força do braço. O banheiro. O picadeiro. É como pintura do pintor. A força. Tudo é grande e sobre-humano. Bravio. Vida dependurada no sol. Muito mais. Sem grito é cruel. Sexo amontoado. Mais força. Isto. Faz a mulher estrebuchar miseravelmente. Apanha com as duas mãos firmes em volta do pescoço dela. Espalha seu corpo na laje fria do banheiro. O direito dessa mulher estar ali estendida na laje fria do banheiro sendo violada. A dor. A dor vermelha das marcas do seu corpo. Entre o corpo e a laje não há nada. Nem o frio. Nada. Delicadamente com raiva. Celestial. Dor. Sente. A patada. A patada que ela leva deste esfacelador. Proeza de violência. Corajoso. Um homem corajoso. OLÉ! Em apuros. Com pressa. Aflito. Com medo. Um homem. Desfrutando com força o sexo. A Marisa Rola se mijou antes de morrer. Derrame. A Marisa Rola foi morta na noite do grito de carnaval.

MISSA PARA KARDEC

A Vicenzia Salami vinha em desmaio e se ouvia as metades de grito: na saída da filha dela, gritando não a carreguem, não a carreguem de mim.

Não façam pelo amor de Jesus!

Clamava, cambaleante a engomadeira, que não suspendessem o caixão com a Muda.

O dia mais triste do mundo, e o doutor Belly lhe consolou: falou de uma rosa jogada, que existiu um beijo no tampo.

Um violento e pobre caixão de verniz.

O caixão dela.

Ah, a rosa! Ah, o tempo de seus lábios quentes na tábua!

Abram a janelinha! Abram a janelinha de novo.

Ah, esta mulher à beira da cova.

Seu estremecimento terrível, seu desumano urro maior: disse, filha!, a Vicenzia.

Momento para uma mãe.

Dói ver. Dói partilhar.

Tirem daqui esta mãe que sofre em público, não façam isso com ela, tratem de esconder.

Carreguem para uma outra cama, alta, mais espaçosa, arranquem essa Salami daqui da saída!

Mãe querida! O teu aceno é o aceno de Deus.

Adeus entristecido, a meiguice do teu olhar acenando para o corpo que levam.

Que face a tua, querida mãe, a ficar nesta terrível solidão.

Machuca a planta de teus pés o cascalho. Nem sentes.

É a vida que é: ela separa, afasta os que se amam no mais puro e sincero amor.

Mãe, querida!

Não acenes.

Saia da porta, deixa que ela parta sem ver este último instante que você faz questão de acompanhar.

Com o teu aceno querido, ó mãe, e o remoer de teus dentes nesta emoção, esta saudade já sentida quando ainda vê o corpo mudo e amado partir.

Ah, o olhar de uma mãe a olhar para o caixão de Eselita que parte nos braços dos outros.

Erguida, nos braços dos outros erguida como um troféu.

Um troféu triste, a Eselita, um beijo longo, querido, o caixão que vão levando.

O mais triste troféu.

Levem e teu rosto sofrido iluminado pela tristeza do amor.

Tudo em ti acena, não só a mão.

Acena o teu coração.

E é triste e o rosto é de maçã.

Coloque o rosário, Vicenzia, tenha coragem, busque em qualquer parte ainda a fé.

Paisagem de mulher de joelhos e os que a levam nesta separação.

Por que ela existe?

Em que estado se corporifica a separação?

Por que ela existe?

Como é ficar no instante seguinte ao despedir?

Lábios quentes em dúvida, a filha em silêncio ainda existe?

Há a possibilidade da saudade.

A queimadura do terço, a cova, a solidão, a solidão.

Para sempre.

Grande, imensa solidão.

Para sempre.

Ah, terrível voz esfaqueada, terrível, terrível, nunca mais a filha voltar.

Eis a descrição do seu tempo de joelhos, Vicenzia Salami!

Existiu um beijo antes e a saudade da filha que não voltará.

Parte.

Um beijo da amada com o seu olhar meigo, mãe querida, o teu olhar!

Tu, mãe lavadeira deitada com homens. Tu, lavadeira encharcada no avental. Tu a sorrir teu sorriso meigo banhada por uma réstia de sol.

Mãe querida!

Não suportar a separação.

Tu, pata choca ofendida e sempre honesta em seu amor.

Pura, absoluta neste momento febril.

Confins dela, italiana gritona, um Formiga Jardim revoltado com essa furiosa canção da morte.

Pouco espaço pra essa canção tão triste.

Amanhã terá hostia de novo, o pus nas pernas dela, o padre levará ela daqui.

Tastaviando, desmaiando em outra praça, mãe escorada em outros jazigos chorando a filha que deixou.

O doutor Theodoro Belly a dopara e ela mostrará então a foto: vejam quem foi que morreu!

A Salami mostrará isso, andará com ela junto ao seio, no conforto do seu sutiã.

A filha ainda viva, salame dependurado no forno, trazendo o corpo em seu sutiã.

Viram seus panos? Seus braços buscando ajuda?

Viram a cambaleante suplicando o quê?

Para quem suplicas, Vicenzia? Ainda em quê, em quem?

Tirem daqui os paramentos, o padre, o Superior, a pedra do altar!

Aqui não existe morte, que benzam, lavem os pés em outro chão.

Não há benção aqui!

Aqui não!

Muda.

Ela disse: Filha!

Colocou o rosário.

Deixem por isso que os coveiros, Cristinos terminem, acabem logo com isso.

Que a mãe, como uma mula adoentada, a mãe sofre.

Mula adoentada, levanta os cascos do chão.

Irão benzer o que neste trapo de ser?

Que se arrasta, lamuria, pede pelo amor de Jesus.

Há Jesus nisso?

Há um beijo antes, um beijo da amada mãe.

A Salami, disse, filha!

Um beijo longo, a lágrima da casa querida no rosto da maçã.

Um urro seco. Filha!

Parecia esfaqueada a sua voz.

Murcha de fé, eis a obra do tremendo Jesus: a filha baixando na terra, voltando ao pó.

Para ser o que Vicenzia que engoma?

Então era pra isso o assombro da espinha? A emoção que arrasta, o calor maior do sangue na hora de parir?

Para voltar ao pó, ser terra sepultada, aos pés juntos num terreno de capão??

Urra a mãe!

Maldita força louca que levanta o seu gesto.

Vicenzia, engomadeira, derrama o teu sofrimento aos pés de Jesus!

Derrama, beijo querido, é pra isso então o instante do amor?

A cova, a prece, o desespero final?

Estar aqui — a mãe em trapo — punhal bradado, lembrar dos pés na cruz?

A cabeça pousada nela.

Último beijo, beijo querido, a violência de tanto amor.

Amor desesperado então, amor rompido, filha arrancada, abaixem o caixão!

Que os pés fiquem voltados pra dentro!

Os pés da filha que partiu.

Amor separado, então, amor rompido, filha arrancada, abaixem o caixão!

O repouso eterno e a doçura dessa Vicenzia esfaqueada, na hora em que, mãe, também morreu.

Morreu agora, morreu junto, e apalpa em si o que resta.

A mão no seio, se ampara em jazigo sujo, é também uma mãe que morreu.

Trapo ser, a queixa suplicante, o terror da noite que virá.

A primeira noite com tanto amor e o que está separado por Deus.

A filha debaixo da terra, a maçã e a doçura em decomposição.

Lavagem para os vermes da terra, Deus?

O seu rosto sereno e também a sua lágrima por último no instante pior.

O debater-se junto ao chão, o cascalho, cascalho frio em que pousou a mão.

A rosa na mão de Vicenzia Salami, o beijo longo, se vergando para a filha morta.

Despedia-se.

Um urro seco, um beijo longo e a lágrima que a tocou.

A calda de sua lágrima derramada no rosto querido.

O mármore frio, depois disso, a água benta que lhe esfregaram com alcanflor.

Que apalpassem, voltasse a ficar de joelhos, fossem cobertos para agasalhar.

Está nas escrituras: ao pó voltarás.

E o seu grito triste, e o seu grito era murcho de fé.

Por que a trouxeram, por que ela na alça do caixão?

Tirem daqui essa mãe, bradava o Formiga Jardim, afastem daqui o carinho, o desespero, a sua prece e o amor.

Afastem!, fora!, que cessem a sua dor!

A morte cristã não existe e o Dr. Theodoro Belly pousou ali a sua mão.

A força louca dessa mão em consolo, que acarinhava os aflitos, trazia ali o seu amor.

Sofria de abandono, sofria de medo de ficar sozinho também o espírita.

Neste sepultar, pensando por evangelhos, o velho espírita Theodoro Belly lá se conformava. Estava lembrando de um Acácio Lênio que tinha morrido de cólicas.

Foi um choro, lamúrias e lamentos. Basilissa tinha vinda a óbito de sopro nos pulmões e Gortemar de uma úlcera hepática. Continuava lembrando o Theodoro.

Era sempre aquele inconformismo. Vicenzia, Flamino, Leondino e Eselita, todos de uma gripe espanhola retardada. D. Mariazinha do Pessegueiro de um tumor no estômago por causa de mate. João Cidálio e Elvídia num acidente de carro.

Maria Amara foi uma natimorta batizada. Mais lastimar.

Tecla e Lula na volta de umas corridas de turfe. Que a charrete perdeu o controle e só foi parar numas pedras embaixo. Uma tragédia, porque a charretezinha era protegida nas partes laterais apenas por vimes.

Choro, choro, choro. Aquele entoar lamurioso de sempre que o Theodoro Belly já calejara em si.

Otto Hartmann morreu com ferimentos da própria espingarda. Diziam que em toda a vida, era uma mania dele, promovia detonação, uns disparos sem motivo.

O doutor Billy lembrava daquelas mortes. Da Lura (Canolina), a doceira, que tinha o rosto bronzeado das pasteleiras e em cuja companhia morava o irmão inválido. Não sabia a *causa mortis.*

Decerto, por isso, estava ali pensativo entre as queixas, as preces e o lastimar.

Choro, choro, choro.

Nas mãos do doutor Theodoro Belly morreu gente só com os prénomes, e daí que não se sabia a família: Germano, Jorge, Sílvio, Élvio.

Era muito contrafeito quando ia indagar de que família era. Tinha de deixar por escrito o atestado de óbito. Muita choradeira o Belly assistiu enquanto jamegava a sua assinatura no final das mortes que assistiu.

Alguns, como o Germano, haveria de ter alguém na sala da enfermaria pra lembrar: "Era o Germano Alberto Dahm. Alemão, comerciante". Morreu com um rim funcionando apenas. Que o rim não deu conta, embora eu ainda esperasse. O doutor Belly lembrava.

Óbitos até de netos de escravos libertos: Laurinda, Joana, Eva, Isolina, Ana, Morena, Rafaela, Porfíria, Brígida, Brisula. Isso só pra ficar nas mulheres.

Cada morto com a sua caxumba, com a sua rouquidão, com a sua mais ardente febre.

Tudo anotado abaixo de lastimar e saudade antecipada de parentes. Elvídia e Benta, apesar de protegidas, tinham morrido de resfriado. França e Lissa, umas caixa-embaladoras, tinham morrido na década de 60.

D. Lucrécia?! "Ela tinha o olhar plácido dos mais velhos".

Todos mortos. Já sem gestos, já sem passos, somente a expressão de saudade para quem deles se lembrasse. E era o que Theodoro Belly, médico, médium, espírita dos mais convictos não podia conceber.

Sarquis Boamar e Antonio Zaiden. O segundo era açougueiro. Seu Sarquis lidava com porcos e, numa época, chegou a criar perus selvagens.

Portachinsky, polaco, ferreiro, vai o homem morrer de uma doença de artéria! Polaco, ferreiro, como é que me tem o coração fraco?

O primeiro dos seus pacientes a morrer foi Seu Cristino, pai dessa Cristinada que anda aí.

Depois, Tertuliana. Pensionista. Uma crise forte de bexiga.

Maria Trindade (viúva de Antonio Zaiden), falecida seis anos após o marido. Lixava as frigideiras, as caçarolas, cuidava muito a cozinha e tinha uma coleção de pratos com fundo azul bem forte.

Que seria uma congestão de pêssegos a sua causa.

Antônio Hortêncio, João Cidálio, Geserina. Juvenal e Juvenil. Esses eram gêmeos até na mesma doença do sangue.

Choro. Choro. Choro. Muitos de pais humildes. E o mais interessante é que um destes humildes era chamado de Coronel.

O Romualdinho. Franquelino. Todos mortos e trazendo uma causa. E depois da causa a consequência: o lastimar, a choradeira, o inconformismo geral.

VELHO AMOR

O Seu Querido, Emílio Breyer, tinha flâmulas só de cavalos, tinha fundado o Aeroclube e arranjado sino, casamento, um potreiro pra igreja. Era muito comunitário e sempre queria saber do tempo por causa dos aterros. A pasta do Seu Querido tinha a cor do guará e continha os seus instrumentos de engenheiro.

O Seu Querido tinha os olhos esgazeados verdes, e com esses olhos de Cristo tratava de melhorar o cabelo. E os cabelos era um espicho, tingidos, e o Seu Querido sempre de suspensórios. Os sapatos escovados, brilhosos, e as calças, sem pregas, num vermelho afogueado que lembrava um antigo incêndio.

Passaram por crises, é claro. Em 1974, com a crise do petróleo, Seu Querido teve sensivelmente seu trabalho reduzido. Isso afetaria a vida doméstica, aquele amor incorrigível, a relação sexual entre ele e D. Tuca.

Seu Querido passara a brochar constantemente e a D. Tuca começou a falar de muitas outras mulheres. Notem que não era uma só. Era tanto o seu amor pelo Querido que ela imaginava o marido com "muitas" outras mulheres.

Há, claro, sempre, em momentos de depressão econômica uma importância maior pelo sexo para aliviar a depressão da própria vida. Este era o raciocino de D. Tuca: muitas mulheres no momento de baixa estima do Querido. Não passavam privações, falta de comida muito menos. Mas o fato é que o Seu Querido evitava o sexo, quando era exatamente o contrário que devia acontecer.

Acostumados à vida digna de amantes, ambos então emparafusam.

Seu Querido se refugia no álcool todos os finais de tarde. Nada de sexo. E a D. Tuca com aquelas "muitas" mulheres, como se fosse também a sua bebida. Se embebedavam de desconfiança.

A crise atravessava o ano, Geisel não tinha boas perspectivas e o Seu Querido cada vez mais no licor e no conhaque. Era a forma de enfrentar a crise e D. Tuca lhe alcançava depois aspirinas para um sono mais tranquilo.

Num ambiente assim, sem o sexo e o Seu Querido alcoolizado, D. Tuca decide que o marido deve ir ao médico. Só podia ser a próstata.

Seu Querido não acreditou no que ouvia. A sua tão querida mulher amada estava sugerindo que ele fosse ser sondado pelo dedo de um médico, logo ele, apreciador de rebolativas morenas na juventude.

Seu Querido reforçou a dose do licor e do conhaque.

Quem sabe iriam para a chácara e isso logo passava. Era a crise do petróleo. Não tinha nada com sua próstata.

Ele ia então ser sondado pelo dedo de um médico!? Mas nem num ambiente mais refinado ele se sujeitaria a isso. Preferia uma semana na chácara. O sexo voltava. Era o petróleo.

Momento de depressão, sexo.

E com ele, logo com ele, acontecia o contrário.

"Tuca, me escute, é a crise dos 50 anos. Você viu que estamos fazendo 50 anos de casados?"

"Vamos esperar que passa. Não podemos viver para a mera satisfação física".

Mas a Tuca, além das "muitas" mulheres, da implicação com a próstata, pegava com pouca atenção o sentido geral das frases na crise:

"Onde já se viu um homem com essa idade não se preocupar com a próstata, com a integridade de sua saúde?"

II

D. Tuca sempre fora compreensível. Tivera uma formação que a levava a atitudes sensatas. Era a filha única de uma viúva rica, a Bladina. E a Blandina tinha só uma adoração na vida: aquela sua filha que tocava trompa. Cabelão negro, encachilhado, muito rolinha, a Guiomar, chamada de Tuca, tinha puxado pela mãe.

A Tuca tocava na Ave Maria e a Blandina Castório comprou até um auto para ela vir para a igreja nos dias de tocar. Era muito bonito, ela gordinha, de boquinha bem tortinha, assim, tocando *Ao meu Arroio*, uma polca do Gil Maturra.

Executava quase de tudo a Tuca. Somente em marcha e tango ela meio que se atrapalhava com a trompa. De qualquer jeito, um orgulho pra Blandina a Tuca tocando naquele instrumento que tinha vindo da Europa.

Tuca aprendeu a tocar trompa antes de vir o rádio. Depois do rádio as coisas começaram a mudar. É que, antes das músicas gravadas, era tudo de ouvido, ou por treino mesmo com quem já soubesse. E quem sabia estava ali bem próxima, dentro da própria casa.

A velha Blandina tinha um piano. Ele que acompanhava a filha. E o que Tuca saía tocando, a Blandina saía tocando atrás. Parecia mentira! Mas ela acompanhava tranquila, porque ela é que tinha ensinado antes as músicas treinadas.

Todo domingo era marcadinho. Às oito da noite estavam todos em algum lugar. Pegavam um caminhão, carregavam os trombones, cornes, tubos, três bombardinos, um par de pratos, tarola mais dois bombos, e, quando estava querendo escurecer, já estavam todos dançando o que eles tocavam.

A Banda da Blandina se vestia com uniforme de listras verdes e vermelhas e, sob a regência dessa viúva do Castório, lá tocavam eles. E a Tuca bem na frente, com a trompa, cercado de dois gêmeos tubeiros.

A Blandina Castório erguia os braços, marcava o ritmo, ensinava os instrumentos a tocar na rua. Nem que fosse só batendo os pratos, como fazia o Clarino Cascata, "um birolho do zóio", como a Tuca lhe chamava. Até os dançarinos se regiam com a Blandina emitindo com a própria boca os acordes dos instrumentos. E a música mais exasperante era a música que vinha das tubas dos gêmeos. As notas baixas das tubas inibiam os solos da Tuquinha mais abertos e valseados.

E os casais preferiam mesmo a valsa. Principalmente se fossem duas valsas, uma depois da outra. Adoeciam então assim, valseando, valseando.

Por isso, de vez em quando, a velha Blanda improvisava um tango contemporâneo, muito solicitado e de sua própria autoria: o *Tan Hermoso*. *Tan Hermoso* falava em cada movimento de um amor ausente.

III

Foram, por fim, para a chácara. E a cena que se quer falar de 1974 se passa com o Seu Querido tirando a sua sesta depois do almoço e estão no sombreado do cipreste largo, num doce abrigo de amigos.

O Seu Querido está dorminhocando com o braço torcido no colo da amada. O Seu Querido tinha bebido à saúde dela e como tinha no cálice a marca dos lábios de D. Tuca, ele tomou várias vezes.

Beijava assim os lábios da D. Tuca e também se embriagava.

O Seu Querido era muito carinhoso e sabia por a mão assim na D. Tuca dele com calma. Pousava a mão no joelho da Tuca amada e isso facilitava para que os dois rezassem por eles, pelo amor deles. E a pontinha da saia da D. Tuca se esgarçava assim subindo na perna dos seus 76 anos.

E os dois só pensavam na próstata.

O AMOR ENTRE OS POBRES

Tecla, Lelí e Gortemar eram os leiteiros da Mariinha, quando se entregava leite assim em Frei Getúlio do Sul: em garrafas. A Mariinha Pessegueiro tinha ficado viúva e com umas vacas leiteiras. Era de estranhar que com os dois primeiros, mais novos, Mariinha era áspera. Com o Gortemar, já homem feito, era como se fosse um filho.

Mariinha ajudava a ordenhar e tinha duas mocinhas em casa, já com uma neta de uma delas.

Uma vez, o Homero do Seu Melchis se matou e ele era primo-irmão do Gortemar. Era a sua forma de deixar Frei Getúlio e ele se matou nos tanques das lavadeiras um pouco abaixo da represa. Dona Mariinha sentiu muito, considerava o Gortemar como um filho.

Para se chegar na Mariinha Pessegueiro tinha de se passar pela casa dos cavalos na fachada. Era uma casa de gente rica e aqueles cavalos na frente da casa marcaram a memória de todo o mundo.

E por ali circulava a Dula. A Dula era como uma filha pra todo mundo e era só o que dava era a criançada a correr da Dula que, por não ser querida das crianças, se fazia gentil.

Gentil por gentil era o Velho Cristino. Até com a professora Marfiza ele sabia conversar.

A professora Marfiza bem não era uma mãe, era como uma avó para os alunos. E o Cristino mais velho era como um pai pra qualquer João Ninguém. Uma cristinada em Frei Getulio. Uma família bem extensa, netos de escravos libertos que herdaram terrinha ali. E os Remígos pardos também.

Os Remígios eram tudo na vida do Sarquis Boamar matador de porco, e a Donatila, solteirona não era mãe pra ninguém. Não era mãe porque senão pegava mal. Se dava com a Dona Bília que tocava o sino. A Donatília, a Elvídia e a Dona Bília eram o Coro das Seis.

Filhas de Cristo, este sim o Pai de um por um.

Por ela, Mariinha, só valia a Virgem de Guadalupe. Era uma viúva recatada e zelava pela pouca herança. Se dava, por coisas de baile, com a metade dos Remígios. Mas se metade do Remígios eram da Assembleia, como é que a outra metade comemorava Guadalupe. O Carnaval de Guadalupe??

Como é que o Bagorra tinha aqueles vícios todos assim? De jogo. Era um verdadeiro enteado do Velho José Padeiro, que dizia que via nele o seu sucessor: em Sete Baiano, em snooker, haviam de um dia legalizar o cassino.

Cassino no Frei!

Cada ideia. O João Aguateiro com a forquilha dele a vibrar. Naquela terra tinha água, bem naquele ponto do Bibiano Heleno que vinha de se casar. Era neto do velho Heiurque e foi um casamentão.

Claro, era com um filho do velho e casamentinho de 50 convidados era coisa do Serafim.

Que o Serafim convidou o Seu Gote de padrinho e vai me deixar bem nova a viúva um goleiro de seleção?!

Acácio Ly e João Inglês foram no primeiro casamento. Acácio Ly e João Inglês não eram de se misturar mesmo com convite feito pelo Serafim, mesmo com a própria Dona Petrona a fazer o convite verbal.

Dona Mariinha do Pessegueiro sabia de todas estas coisas trazidas pelo Tecla e pelo Lelí. Gortemar era mais de ficar quieto, era mais de pouca fala. Coisas de cada um. Cada injeçãozão que davam na bunda da Dula se faziam de gentil e querida, mas, ah, ela era que sentia a injeção.

Não era amor como o Seu João Maria que era o mais querido das crianças, mas bem de antes já. Do tempo que a Madrinha Lelé (era madrinha pra cidade inteira) torrava café em casa pra ajudar, pra família sobreviver. Seu João Maria tocava a sineta no Grupo, era associado na Cooperativa de Frei Getúlio. Ficava ao lado do Juventude a sua sede local.

E Seu João Maria rolava a bola. Mas antes de se dedicar ao esporte, João Maria cuidava o potreiro do padre Geraldo. Cuidava os cavalos. Saíam os dois a visitar fazendas.

Parecia pai e filho a andar nos campos. Dava um quadro do Berega, como diz aquela canção.

Uma aquarela de Frei Geraldo vindo da França, Frei Geraldo de Gruffy. Na paisagem verde e ondulada levando a extrema unção. Ah, Frei Getúlio!

Por essas de cidade ganhar nome de frei, eles mandavam os melhores quadros que podiam possuir. Cada um frei melhor que o outro. Talvez fosse por isso aquela coisa de ser filho de outros sem ser o filho de sangue original.

Havia as fazendas e as chácaras. E o Seu Gote passava com uma carreta da Chácara dos Capuchinhos. O Seu Gote, neste caso, era mesmo como um irmão do Frei Remígio, que era o encarregado da plantação.

Ficava na Boca da Serra a Chácara dos Capuchinhos e não havia jeito do Altino Bonito, o Guaiquica, ir pra lá trabalhar. Preferia ficar na cidade. Ficava na city partindo lenha (sempre andava com um machado) e carpindo lavouras num solão.

O Altino Bonito também assustava crianças e Seu Epaminondas, que morava na frente do Ginásio, trazia peras para as crianças assustadas. As crianças eram também como filhos para o Seu Epaminondas, que andava com as suas vacas em pleno meio das ruas.

O Canolina se criara com o casal Jorge Hartmann. Alemães com aquela caçula de pobres da Vilinha Pinto. E era filha mesmo de coração.

Ajudava. Diziam que ela ia ficar com a herança do casal alemão. A Elvídia, tia dela, que dizia. Dizia mais torcendo por isso, que realização.

Mas, chácara dentro da cidade era o que havia mais. Além da Pessegueiro tinha aquela dos Salami, que tiveram uma tragédia com a filha que foi de entristecer. Quase a cidade inteirinha se comoveu.

Seu Caleffi trazia o feno e pra isso tinha de ajustar: era uns Cristino mais novo, eram uns Remígios ainda por casa sem irem pro Matador. Buscavam de carretão o feno pras vacas e a chácara do italiano começava em Frei Getúlio na parte de lá.

Por que é que os guris dos Remígios chamavam o Caleffi de padrinho? Será que era amor de pobre que se externava assim??

Era quase uma honra ser padrinho de verdade também. Padrinhos de muitos por amor também e por vaidade. Era melhor que receber Título de Cidadão Emérito de Frei Getúlio do Sul.

Este era o nome oficial e inteiro do Frei. E isto é que mais incomodava o reduto da solidariedade e amor, mas que neste ponto da disputa pegavam a dizer coisas do mal. Os Kardecitas.

Que havia um reduto kardecista no tempo que Frei não era Frei, era só um distritinho e que os Espíritas tinham crescido na proporcionalidade da cidade também.

Gertrudes, Lura Velha, Esperança, Seu Marcírio, Franquelino e Marfiza. Tudo Kardec!!

Até o Tertuliano Pensionista ia lá. O Antônio Hortêncio tomando uns passes, o doutor Theodoro Belly a fazer pregação. Eram todos como se filhos fossem.

Em contrapartida, quem criava um orfãozinho era Dona Zezé e o Fulaninho era do Seu Fulano, mas ele mesmo dizia que o Beltrano era o seu pai.

Que ele sabia do seu pai em Canela, mas não era de contar. Ele se criava com Dona Zezé e era o seu mascotezinho nas missas. Era certinho: às 6h, badalava o sino da igreja matriz.

Era o Seu Alorindo Almeida ou a Bília que puxava a corda no ritmo. A Bília tocava mais o sino porque o Seu Alorindo se atrasava pra entregar os jornais. O Correio do Povo de ontem, mas liam mesmo assim. Que um sírio ia na rodoviária esperar o ônibus não por causa de jornais, mas pra ver se não havia acidente com qualquer um. Se benzia duas vezes e o Correio do Povo aos domingos, que vou dizer. Parecia uma Bíblia de tão grossão.

O Seu Bôa recebia o Correio do Povo e levava quase uma semana pra ler.

Frei Getúlio dava tempo pra isso, era calmo, era então um cartão postal. Além dos cavalos na fachada, não tem como não lembrar: nevasse, se suspendia toda a sua função. E se a neve acumulasse dava pra fazer uma foto e escrever no verso então: "Uma lembrança da nossa neve de 1966". Assinado: Protásio.

O Protásio dirigia a ambulância e era vizinho do João Bolinha, que entregava leite lá da Chácara dos Baggio. Era também como um filho pro velho Antônio.

Muitos, muitos, eram filhos por afeição: o Bilica era como um filho da família Rocha no início do Café Bom Jesus. Começou guri junto com eles.

O Conceição, pintor, artista plástico, se criou com os Tietböhl. O Paulo Onilson chamava a Dona Cecília de mãe, mas ela era só a avó.

O Otinho era do Seu Otto mesmo.

Mas o Seu Doca, do Salão de Baile, do baile dos pobres, era com um filho do Seu Edmundo Jacoby. E não cansava de elogiar e dizer: "O Seu Edmundo prometeu de vir aqui". Dizia que o Seu Edmundo ia lá, prestigiar o baile dele, e guri tinha licença pra entrar "de garçom".

Vendiam mesmo cerveja de mesa em mesa, quem não lembra do Juventino da D. Lôra vestido de gauchão? No palquinho, Os Irmãos Bertussi do Frei. Gaita e cerveja e samba a noite inteira... e nada do

Seu Edmundo aparecer.

Não era nada. Permanecia aquela amizade de pai pra filho, bem como era entre o Seu Marcírio e o Seu Chico Spinelli, e a causa já se soube aqui.

Era por causa do Allan Kardec. Seu Marcírio tratava o Seu Chico como um filho especial. Por quê? Porque foi seu Marcírio quem começou o espiritismo em Frei Getúlio. A doutrina que ainda até hoje está forte lá: tratando a todos como se filhos fossem apesar do Carnaval.

II

O João Surdo botou 17 rádios na rua pra ouvirem a furiosa notícia do carnaval do incêndio. A Mariinha Pessegueiro disse que ia louvar no finados a figura de Guadalupe.

O Seu Doca combinou a realização de uns três bailes no seu próprio salão.

Foi ocasião pra que as duas moças Pessegueiro fizessem um tedéo, um querêrê, um não sei quem com quem e sabe-se lá o quê. Ficaram até sem bebida e sem de casa sair. Ficaram em casa só com gosto de cravo e o Lorino falou pra Leonídia lá no baile que cerveja com cravo desses deixa a mulher banhada em suor.

Foi um congresso carnal.

Elegeram a rainha e rainha eleita, justa, merecida, ergueram a Guadalupe e organizaram um cordão.

Foi um Carnaval. E foi ainda no mesmo que os ossos de um rei trouxeram pra Guadalupe melhor se entronizar.

Um esqueleto de namorado dela e parodiavam esse rei-esqueleto na pessoa de um boneco molão.

Um manuseado rei, marionete, que era o próprio Gortemar.

E troçavam com ele nas cordas como o São João Maria na imolação.

Bem manipulando e hereges, em breves minutos fizeram o maior cortejo pra morto que já se viu em salão.

Alto-falantes e tudo.

E foi uma noite de susto como contava a Tertuliana anilando as camisas depois. Engomadeira, caprichosa, para os tantos presentes num incêndio ela voltava lembrar: que os "ensacados" entraram fogo adentro e iam buscar o que havia de criança ou imagem de santo ainda por queimar no incêndio.

Deus Nosso Senhor!

Mas não é nisso que mais se pensa? Nos inocentezinhos dormindo, escapulários, capelinhas, a Virgem virar carvão?

A Guadalupe tinha esse nome em homenagem à santa mexicana que fizera a anunciação.

A Dona Mariinha do Pessegueiro era a muito mais forte em devoção. E tinha essa sua Guadalupe em casa e a neta pra criar.

O Demônio que endemonhava as duas filhas dela. E por causa dos bailes e do diabo que as Pessegueirinho ficavam a incendiar.

E foi a casa delas que queimou uns quanto por cento e uns quilos ainda bem no carnaval. Que por ficarem em casa beberam cerveja com cravo. Que foi por isso que o incêndio principiou.

E a Dena lá dentro com a filha e a Virgem no pedestal. E daí que se encapuzaram e foram fogo adentro como se o cordão do carnaval.

O que seria salvo do fogo era pouco, em dois minutos de conversa já dava de dizer.

Mas a Tertuliana tinha mania de encompridar o incêndio e a Santa e aquele cordão de moreno que lá pra dentro do fogo entrou demorava quase uma manhã.

Cada ideia! Ora, arrumar capuz em dobra!

Mas, foi bem assim cheirando ao ranço dos sacos que cada um deles, Tecla, Lelí, um Remígio, o Gortemar, pra dentro do fogo entraram.

A Pessegueiro tinha essas filhas e uma delas tinha se separado do negro Pedro por causa de baile em salão.

E o Pedro Mateus não queria mais ela mesmo, nem que tivesse filha por criar. A Mariinha Pessegueiro se ressentia muito com isso, ela que tinha uma cicatriz pelo corpo da infância. Ela se queimou na bacia de água quente da própria mãe.

E nessa modalidade de queimadura podiam trazer outras que a Mariinha Pessegueiro ia bater. Tinha uma cicatriz tão grande que chegava ter umas barbinhas por cima. Chegava a esfiapar no ferido enfeitado e que ela disfarçava com pano pra coitadinha da neta não saber.

E não vai pelas duas da manhã acontecer aquele engano de forno e cheiro de doce em louro já a se espalhar?

Tinha pegado fogo na casa e tiraram a Dena e a irmã ligeiro e não me esquecem justo a criança, o principal.

A criança, uns docinhos e a Virgem de Guadalupe ficaram lá dentro do fogo e o que tinha de homem e mulher já chegaram apressados pra ver o jeito de ajudar.

Em fogo nunca se sabe e foi a engomadeira que tomou a definição: enfiassem em dobra cada saco na cara e entrassem pra dentro do fogo e vissem lá dentro se podiam tirar com vida o que se pudesse ver.

Andavam junto lá dentro atrás de nada e já não havia entre eles cordialidade, porque em incêndio até debaixo de chuva um ou outro pega a se irritar.

Acompanharam junto do padre a casa velha a queimar, coisa mais triste, os morenos entrando lá dentro e andavam naquela missão.

Ostrinha derretia assim na pedra, tanto era o calor.

Remédio, vidrinho explodia lá dentro.

E o que era de mais pra Mariinha, bandeja, travessas de entrega, se arranjava de novo depois. Que se pensasse agora na neta e o resto se ia arranjar.

O Leônidas tinha dito com razão esses conselhos e a Pessegueiro tinha os braços da outra filha em torno do corpo inteiro e suado.

Choravam naquele foguetório, chuva mesmo de cartucho subindo, e assim é que descobriam que a Mariinha do Pessegueiro tinha espingarda por casa.

A leiteira tinha as suas filhas, a neta, uma cicatriz com fiapos e uma espingarda.

E tava ali afligida por tudo e não se envergonhasse por isso.

Que ela se acalmasse, iam dominar o fogo, tinham tomado do fogo metade do sobradão.

E o Vital que voltava de estômago ardendo do incêndio e o Vital pegando fogo foi tomar água num chafarizinho ali.

O Vital já todo queimado, mas trazendo a vestimenta da guriazinha.

Agora sim.

A Dena desnuda lá fora do fogo e o Vital sem poder falar se tinha visto a criança dela bem. Se dormia ou coisa assim.

E um belga lascou "olha lá" pro povo, porque um outro moreno voltou correndo do fogo dizendo que tinha visto a Zildinha, sim.

E a Mariinha, nem se lembra, nos braços de quem desmaiou.

Tava viva a menina e, como em prática de curtume, tinha destrepado a guria pra uma caixa de papelão.

Agora era controlar a hora da água e nos três torneirões botaram mangueira e fincavam água no que era madeira com bastante pressão.

Um sapatinho azul anil subiu pra cima com o borrifo e o que era de prego e prato e copo ganhava impulsão.

Só se desviava a água do que fosse dinheiro.

Depois, com uma caixa mesmo do fogo, o Gortemar, cabeçudo de fogo, voltava irreconhecível.

O Gortemar tinha inchado.

Parecia com aquela figura de São João Maria ardendo no fogo que o padre tinha atrás do altar.

O corpo ao menos do Gortemar vinha bêbado num ergo fogo, escapo por baixo e grudadinho na caixa que a criança tinha dentro.

O Gortemar tinha bebido na hora do incêndio, bebia toda hora, e fazia essa exibição no fogo que passava na cabeleira dele raspando.

Era o homem do Sete Baiano, o mal-visto do Pôquer Itália e virado um divertido ao sair com a criança na caixa do incêndio afora.

Festejando, de brasa fantasiado, e como um boneco molão gritava: foi um milagre que eu fiz!

Foi um milagre dele...

E os rádios diretamente ligados em Porto Alegre depois diziam que um "operário de um Curtume" tinha salvado uma criança de um incêndio no interior do Estado.

E o Gortemar parecia o mais orgulhoso, bem sentado na terceira fila do baile, quando elegeram por reclassificação a nova rainha uma semana depois.

Não era mais a Guadalupe. A nova rainha da festa era uma filha da Cleusa com a capa adequada.

E a capa roxa brilhava e brilhava, flamejante, aos olhos do "Gortemar Pessegueiro", o homem mais feliz do mundo. Era como um filho.

AS LAVADEIRAS

Em Frei Getúlio faz frio. Em Frei Getúlio cai neve. Os rios e arroios de Frei Getúlio têm as águas mais frias do Brasil. E era por isso que a Maria Socorro, uma neta de escravos libertos tinha as mãos carcomidas, as mãos quase que já em sangue, ela lavava roupa pra fora como o seu ganha pão. Era a maior lavadeira dali.

Chegava cedo, com duas trouxas, e já se sobrepujava às 500 evangélicas que também lavavam ali. Vinha com um vestido florido, como a pele da leoa, e tinha um dente de ouro bem na frente que chamava a atenção.

Começava aprofundando a calça suja e suarenta na corredeira do rio. E depois vinha num Chuc! Chuc!, que era a pedra de sabão resvalando no tecido.

E então começava as primeiras batidas de roupa na tábua brutais. Era como um brado, um rugir da leoa sobre aquela turma de lavadeiras que se perfilavam ali.

Era a melhor. Mas deixa eu falar das outras, que a Maria Socorro era o próprio lavar bem.

Ela e outras, como a Isolina, a Porfíria, a Dona Esperança, tudo morenas meio aparentadas, faziam isso.

Mãos no gelo. Naqueles meses de inverno, não tinha, não. Viviam disso, tiravam o pão disso, como é que elas lavavam roupa na água fria sem engripar?

Eram umas 150 lavadeiras em toda a extensão do rio que começava na Chácara Fonseca e vinha serpenteando Frei Getúlio com uma água inodora regelada, de queimar as mãos.

Nessa chácara existem algumas nascentes d'água, que formam o Arroio Dilúvio. O rio de Frei Getúlio, ali por baixo do cemitério, atravessa o Nossa Senhora de Fátima e vai dar lá no antigo curtume, quando se junta ao outro riozinho da cidade. Estes dois rios eram fundamentais para a sobrevivência daquela gente e um conglomerado de vilinhas se instalou naquele serpentear de águas frias pra tanta mulher.

Uma delas era Basilissa Bueno da Rosa. Era uma mulher de 1,84, portanto, mulher magra e alta e era das que lavava pra hotel. Ela tinha um filho inválido que às vezes levava junto pro rio e era obrigada a deixar no frio. Era a única a usar óculos ali. E quando tirava os óculos ficava diferente. Parecia outra a tirar também a aliança e a botar óculos e aliança dentro de uma bolsinha de couro com umas sementes para atrair dinheiro. Desde sempre, até o final dos anos 60, lavava pra hotel e para a família do Engenheiro Gino Faggiani. Ela tinha um filho, mais uma filha sã.

O Arroio Dilúvio era mesmo o reduto das morenas e destas imigrantes italianas mais pobres que precisavam sobreviver. E era roupa na água fria nas mãos da Arcília, da Dona Maria Antônia da Silva, a Papuda, e tinha até uma Grazziotin.

Mas a Papuda é que era outra diferente. Era uma Papuda, com o pescoço papudo mesmo assim. Era um disse isso e aquilo sempre entre elas. E diziam que a Papuda que era de começar. Que o juiz sempre sorteava a Papuda pra participar de júri.

Toga de juiz e as roupas do hospital é que eram pior. Tinham de ser lavadas cedo, de modo que a água do Dilúvio fizesse as doenças escorrer. Não iam misturar roupa de justiça e com doença com as calças de linho de um Tertuliano, que estas calças de linho eram as mais fáceis de recolher a água com a roupa do hospital.

Por isso que a Venância e a Porfíria chegavam cedo. Se instalavam nas melhores tábuas e na água ainda mais fria do amanhecer: mas lavavam pro hospital. Fazia anos.

A Elvídia e a Benta, que eram as filhas delas, vinham pra dar atenção. Gostavam de música inglesa, mas não sabiam Inglês. Quando a Venância e a Porfíria cansavam os braços, elas vinham substituir. Tudo pra liberar a água cedo e os melhores pocinhos do arroio onde era mais fácil de mergulhar cada fronha ou lençol.

O sabão era feito em casa mesmo, nuns tachos onde ardia a graxa de porco com soda e era o melhor sabão. Faziam sempre sabão às tardes, por causa da roupa do hospital de manhã.

Todas faziam sabão de tarde, quando a roupa estava já quarada e estendida no sol.

Dona Esina, da Rua 16 de Julho, se deslocava com um trouxão nas costas. Dona Esina carregava as trouxas nos ombros, diferente das baianas que equilibravam no coco da cabeça sem deixar cair.

Mas já lavava bem uma roupa essa Dona Enesina! Lavava pro Hotel da Artulina e pra família da Marta Adelgides e umas cinco mais. Porém, uma vez, mergulhou uma calça com a carteira de dinheiro no bolso e teve que devolver. Que vergonha que ela passou!

Ali mesmo, na mesma fila de tábuas, se entrando no arroio pela Rua 16, se encontrava também a Dona Maria Amara, mãe do Pomba Zito e da Isabel, filhos dela com o Geserino. Mas com um detalhe: Dona Maria Amara lavava roupa pra fora no rio só por uns tempos. Depois tinha o seu próprio tanque em casa, com água encanada que na rua passou e o Geserino encanou.

Inteligente. Ficava melhor de manusear a roupa e pra não deixar o corpo cair no rio. Já pensou além das mãos se esfriar um corpo todo na água de manhã?!

Em agosto dava neve mesmo, não tem porque se inventar.

Olhassem as mãos daquelas mulheres. Eram avermelhadas, quase que um couro cru. Parecia uma pele que estava se regenerando. Mas bem pelo contrário, era pele que vinha afinando de tanto frio.

Um frio em toda a extensão do rio. Nesse, um pouco adiante, existia a D. Olíria, mãe do Brune, da Jacinta e do Piscadeira.

Naquela região, também morava a Tia Bê, mãe do Antônio Hortênsio, o Morcilha, e da Estelita também. A Estelita foi a Rainha do Carnaval no Baile do Doca, e teve uma certa coroação. E era também lavadeira sua vizinha, a mãe do Tatão. Ela era casada com o Pedro Análio, que vendia Loteria.

Dona Maria Ana era mãe de Dona Trindade. Trindade, esposa do Cidalinho, que atendia no balcão do Geserino Grazziotin. E Dona Maria Ana era uma das tantas mulheres que se deslocava a cavalo até o Rio dos Poli para lavar não roupa, mas sacos de farinha que desse pra aproveitar. Os sacos que sobravam nos mercados da cidade. O Rio Poli era mais afastado e por isso farinhavam as águas dele à vontade e também lavavam automóveis, até o motor.

Mas, voltando ao Dilúvio. D. Eva, seguindo para a frente, era no Morro do Seu Bôa, pai da Dalila com a Glétia. Morro descampado, sem nunca nada nele construir. D. Eva era a última da Rua Luiz Inácio Dutra. Lavava roupa com um outro detalhe: ela tinha um poço na própria lavoura. Dali tirava a água para a lavagem que ela assumia das famílias Avelino Paim, do Luiz Fayet e do (que arrependimento!), as roupas do Porachinsky, que era um polaco, ferreiro, as roupas e calças que só um carvão.

Havia um núcleo de lavadeiras em cada baixada mais plana do rio. Pertinho de Dona Ínes morava a Dona Gertrudes, mãe do Porfírio Araujo e do Valêncio do futebol, que também vivia de lavar roupa. Ao seu lado, Dona Teodora, já idosa, e sua filha, Dona Benta, mãe do Isolino Incendiário, que trabalhava na marcenaria. Dona Gertrudes e Dona Teodora eram também lavadeiras conhecidas. Ambas eram da Assembleia de Deus, bem como a Dona Joana e umas quantas 500 mais.

Subindo a rua, em pleno bairro, Dona Laurindinha, avó de um prefeito anterior, era das lavadeiras mais conhecidas. Sua vizinha, a Caçula do João Inglês, também vivia da lavação, embora o homem se vestisse e agisse como rico.

E Tia Lica, mãe da Esperança era também lavadeira. Tia Lica era muito conhecida no bairro e lavava de uma forma incomum: às vezes sim, às vezes não.

Tanto eram as lavadeiras de roupa na Vila, que se chegou a instalar tanques de concreto à beira do rio. No começo deu muito certo, mas depois desistiram: Os "Tanques da Rosa" não tinha a água mais quente, não.

Os tanques não deram certo. Dava trabalho dobrado e era melhor lavar direto com as tábuas à beira d'água e do mesmo frio.

E com tanque ou sem tanque o Arroio Dilúvio descambava pra altura da Represa da Hidráulica, e descambava mais para os lados de um perau. E toda aquela margem tinha as suas lavadeiras. Dona José, mãe do Dedê que jogava também futebol, lavava roupas ali por baixo de toda a canaria em direção da Hidráulica pra abastecer Frei Getúlio então.

Dona Cristina, sogra do Acácio Gêmeo, irmão do Trovador, muito amigo do Flamino e que era de não perder baile porque cuidava do balcão no CTG, era lavadeira naquela parte do perau.

Só que depois da Socorrro, talvez a lavadeira mais conhecida fosse a Dona Ínes, que lavava roupa para o Hotel do João Cidálio. Só lavava, porque quem passava era a Tia Olga Zaiden, que passava as tardes com aquela quantidade de lençóis e fronhas num penar. Dona Ínes era muito famosa; depois foi embora pra Caxias e passou a função pra Isolina do Juvelino Assis.

Mas com grande crédito mesmo era a outra Isolina. É que ela era também a melhor engomadeira, conhecida e respeitada no oficio. Era casada com o Seu Petrônio, que sofreu um acidente grave e perdeu as pernas. Eram os pais do Algavir e criaram também o Romualdo Pinto, o Romualdinho.

Daquele grupo havia a Dona Tiloca, mãe da Dona Pecurra e avó do Dico pedreiro.
Havia também a mulher do Otto Neis, alemão, curtidor de couro e irmão do Carlos do INPS que começava a atender no Frei.

O Seu Pomba, pai do Pombinha, que era irmão da Andorinha,

diziam que era o único homem a lavar roupa por precisar.

No Frei era assim: pegavam a apelidar todo mundo e era o jeito de se distinguir as duas Elvídia e umas cinco Inês. Não Ínes.

E Maria Socorro também era uma só. Que a Maria Socorro numa lavagem de roupa nunca encontrou outra igual. Já nos primeiros movimentos só não se descabelava porque seu cabelo era carapinha. Ah, mas os seus movimentos de braços nus pareciam de uma batuta com seus gestos de maestra. A *Orquestra da Lava Água* era regida por esta mulata.

A Socorro começava com todo o ardor pra cima e pra baixo na água fria do rio.

Rasgava o espaço aquele seu Chuc! Chuc!, seguido de Plac! Plac!, a mão esquerda a trabalhar. E trazia de volta com um movimento pra cima a mão esquerda e combinava com seus gestos o que estava acontecendo ali: era um sermão; o seu culto de gestos todas as outras sabiam entender.

A Maria Socorro até parece que invocava Deus, Jesus ou os Evangelhos, invocava possivelmente Napoleão se soubesse.

A Socorro era uma invocação, cláusula, liturgia, fundamentos, um processo. Um ensino aritmético. Um estalo que dá no cérebro. Era um canto, soneto, sonata. Uma rosa com amor.

Era uma alegoria. Uma Honra às Lavadeiras.

O enigma da vida. Resumo de mulheres sofridas.

Um epigrama.

Um silêncio.

E era um silêncio profundo. Um profundo silêncio para aquela lavagem fria e árdua. Que a Socorro parecia estar mesmo encarnando uma entidade. Com sua mão esquerda fazia gestos: laterais, bailados, sortidos. E os Chuc! Chuc!, e os Plac! Plac! atonteando as outras lavadeiras. E elas a entendiam.

Acatavam a Maria Socorro.

Era uma pastora de almas na lavação.

Ele gingava o corpo e os "violinos" laterais — as outras lavadeiras — regia com aquela brutalidade.

Era a Maria Socorro com sua alma de mulher superior. Empregava suas mãos, seus pulsos, braços, o cérebro a serviço da lavação.

Era como se uma alma atormentada estivesse ali. A lavar roupa suja, a enregelar suas mãos negras.

Era límpido. Terminava a primeira trouxa e logo partia pra segunda. Preparava-se mais um bote da leoa.

A Socorro bate, rebate. E volta ao Chuc! Chuc! do sabão simples.

Era uma lavadeira em sua essência e alongava o braço nu e esquerdo.

Ele trazia uma expressão séria ao mergulhar a roupa suja nas profundezas. As outras tentavam isso, mas nunca chegavam perto. Olha a mão esquerda da Socorro!

As variações de bate e rebate de lençóis e fronhas são esplêndidas. A mão traz a roupa seca para soterrar no rio. Há ali um Deus no fundo de tudo isso.

De onde tirava estas variações dos braços?

A mão esquerda de Maria Socorro uma hora passeava e outra hora não. Parecia uma batuta estática. Que rosto, quanta expressão!

A Socorro fechava os olhos. Havia uma entrega absolutamente humana e total.

Em que campos, colinas, em que rios andou para explodir agora assim?

Ruge a leoa por um segundo.

Volta ao Chuc! Chuc! Calmo, por consequência.

É uma oração.

As outras lavadeiras seguem, perseguem, vão nos gestos largos pra cima, pra baixo. Todas elas num ritmo ditado pela mulata. É a presença de um Deus que se faz ali.

Maior que Deus. É uma mulher. É um ser humano em sua máxima dimensão.

E também com suas fragilidades.

Perguntem ao Pedro Caio da Paixão, negociante, se ele não queria imitar os bancários? Por isso exigia as camisas, além de bem alvejadas, que fossem engomadas na perfeição. Cabia isso à Maria Socorro, que tinha uma vantagem: lavava mais rápido no rio. Tirava do sol o melhor que podia e, num estendedor de sua própria propriedade, tinha a roupa seca logo depois do almoço.

A Socorro ficou com muitos problemas nas costas e todo aquele seu reumatismo era de fazer isso aí todo dia: lavar, alvejar, passar e engomar as camisas do Pedro Caio da Paixão.

Ih, o Chico Velho, marido dela, dizia "não pGosso te ajudar". E já saía com uma forquilha a andar pelos campos ver se encontrava água. Era um aguateiro na prática e ele achava água pra poços artesianos se dizendo agrimensor.

Muito requisitado pelos fazendeiros, o Chico Velho gostava de uma canha e de comer um bom revirado quando chegava em casa depois. Já noite. A Socorro dê-lhe roupa a engomar.

Mas D. Glétia Boamar do Matadouro, que não era santa, era quem sabia conversar com os negociantes que por lá apareciam. E ficou então sabendo quando os fabricantes chegaram com as enceradeiras, aspirador e máquina de lavar.

Dizem que a D. Glétia até torcia que a máquina de lavar roupa ficasse no valor de Cr$ 400 novos. Era por isso que ela foi de pioneira e comprou a primeira máquina. Ficou sendo apelidada depois de a mulher de "doces mãos", a "mãe das lavadeiras".

Mas que as lavadeiras continuaram no rio.

Este livro foi impresso nas oficinas gráficas da Kotter Editorial [www.kotter.com.br] em papel Pólen 80 gr/m², tipologia Adobe Garamond 12/14, no inverno de 2016.

Este livro foi impresso nas oficinas gráficas da Kotter Editorial [www.kotter.com.br] em papel Pólen 80 gr/m², tipologia Adobe Garamond 12/14, no inverno de 2016.